夜間飛行
Vol de Nuit

安東尼．聖修伯里

1

飛機下方，金色夕陽描繪出山巒的輪廓。平原也閃耀著光亮，一種永恆的光亮——在這個國度裡，平原永不止息地閃亮著；即使入冬以後，仍舊有無垠的銀白雪光。

飛行員法比安正從地球的南端將巴塔哥尼亞的郵機開回布宜諾斯艾利斯，他感覺到夜晚已然逼近，眼前寧靜的天空、雲朵描畫出的淡淡波痕便是跡象，就像一個水手能夠從水的波紋嗅出港口的味道一樣。他正進入一個廣闊、幸福的港灣。

在這種寧靜裡，他感覺自己有如牧人般漫步著。巴塔哥尼亞的牧人總是不慌不忙地從一群羊走向另一群羊，而飛行員則從一座城市飛向另一座城市；他是看守城市的牧人。每隔兩個小時，就會遇見一些城市，如小羊般地來到江邊喝水，或是在草原上吃草。

有時，飛越過百餘公里比大海還要杳無人跡的草原之後，他才看見一個偏僻的農莊迎面而來。在高低起伏的草原中，農莊彷彿是一艘負載著一群人生命的船隻。於是，法比安用機翼向那艘船打聲招呼。

「聖．朱利安在望，我們將在十分鐘內降落。」

無線電通訊員將訊號傳送給航線上所有的航空站。

從麥哲倫海峽到布宜諾斯艾利斯，航線長達二千五百公里，其間航空站一座連接一座；然而僅有聖．朱利安這一站朝向黑暗的邊界開放，猶如最後一個被征服的非洲村莊朝向神祕的未來開放。

無線電通訊員遞了一張紙條給飛行員：

「暴風雨太多，我的耳機裡塞滿干擾訊號。你要在聖．朱利安過夜嗎？」

法比安微微一笑，因為天空寧靜得像個水族箱，而且他們前方所有航站都發出：「天晴，無風」的訊號。他回答說：

「我們繼續飛。」

但是無線電通訊員認為某處已經有暴風雨，就像一顆水果裡頭藏了隻蟲。夜空可能是美麗的，但也會很糟，他不願進入那隨時會腐爛的陰影中。

飛機開始減速，快要飛抵聖．朱利安的時候，法比安感到疲倦了。一切使生活變得溫馨的東西正在向他擴大：房子、咖啡屋、林蔭道上的樹群。他像一個征服者，在獲勝的那個日落，俯瞰王國的土地，看見人群卑微的幸福。法比安需要放下武器，感受渾身的痠痛與沉重（人竟能在痛苦中感到富有），需要在此做一個單純的人，從窗口觀望一片永遠不變的風景。他原本會接受這座小小的村鎮，因為經過選擇之後，人們會滿足於生活中的偶然，並且鍾愛這份偶然。偶然就像愛情一般牽絆、圍繞著你。法比安或許想過在這裡長期生活下去，在此取得屬於他的永恆，因為那些他停留過一小時的小城，那些他穿越過的老舊圍牆與花園，好像永遠都在他身後。而這個小鎮正迎向飛機上的工作人員，張開雙臂歡迎他們。於是，法比安想到友情，想到溫柔的女孩，想到親切的白餐巾，想到一切慢慢變得永遠溫馴的東西。這個小鎮一面貼著機翼流動，一面打開它的祕密花園，圍牆已不再能屏蔽花園。但是，飛機降落以後，法比安知道，除了幾個在石牆中緩緩移動的人，他不會看見任何東西。這個小鎮憑靠著它僅有的靜謐防禦起熱情的祕密，小鎮拒絕他的溫柔，要征服它，就必須放棄行動。

短暫停留十分鐘以後，法比安回頭再看了一眼：那只是一簇燈光，然後是幾點星星。最後一次，連吸引他的塵土也消失了。

「我看不清儀表板了，我要開燈。」

他按下開關，但是半明半暗的藍色光線中，座艙裡的紅燈僅以一束淡淡的微光投向指針，淡得儀表板幾乎透不出顏色。他把手指放在一個燈泡前面晃了一下，指頭也不怎麼能透顯燈光的亮度。

「太早了。」

然而，夜色正在昇起，像一縷黑煙，悄悄瀰漫於山谷之間。他已經無法輕鬆辨認出山谷或平原。村子裡的燈光陸陸續續亮起，點點燈火相互應和。他用手指扳起機身位置示意燈，讓它閃爍以回應這些村莊。大地上布滿了亮光的呼喚，每棟房屋面對著碩大的黑夜，都在點燃它的星子，一如面向大海的探照燈。每個聚落星星點點地閃爍了起來。法比安對這次進入黑夜的方式非常欣賞，像極一艘船舶駛進港灣，既徐緩又美麗。

轉頭回駕駛艙，指針的燈終於亮了起來。飛行員把各個數據逐一檢查過，相當滿意。感覺自己四平八穩地坐在那片天空裡。他舉起一根手指，輕輕觸摸一道鋼條，體會那金屬中有生命流瀉；那金屬不是震動，而是在活著。引擎的五百匹馬力催生出金屬裡的一股溫暖電流，電流使冰冷的鋼鐵化為天鵝絨似的肌膚。既非暈眩，也不是狂熱，法比安再一次在飛行的時候，感覺到這是一種活生生感官的神祕工作。

現在，他重新為自己建構了一個世界，他鬆動一下雙肘，好讓自己能舒泰地置身其中。

他輕輕敲了一下配電表，一個一個地摸了按鈕，略微移動一下身子，背靠穩，尋找一個最恰當的位置，才能好好感覺這五噸金屬——這流動的夜用肩扛著的五噸金屬——的搖蕩。然後，他摸了一下他的安全燈，把它推到適當位置，放手，再碰一次，肯定它不滑動了，才放手。他試著去握每一支操縱桿，讓手指熟悉於黑暗的世界。當他的手熟識了那個世界之後，他才開了一盞燈，看清楚座艙裡的儀器；他只監控整個儀表版，凝視自己像潛水一樣進入黑夜。由於沒有任何東西搖擺、震動，也沒有人顫抖，而且陀螺儀、高度表以及引擎的速度都很穩定，他略微伸了一個懶腰，後頸靠在皮椅背上，開始飛行中的沉思。在沉思中，他品嘗著一種不可解釋的期待。

現在，像一個守更人，他在無盡黑夜的中心發現，黑夜正在指給我們看：那些呼喚、那些燈光、那些不安。一顆黑影中孤單閃爍的星子，就像是一棟孤立的屋子。一顆星星滅了，就如同一棟屋子把愛關在門外。

或者，厭倦、煩惱也一併關在門外吧！這是一棟停止向外界發出信號的屋子。那些在燈前用手撐著頭靠在桌上的農夫們，對未來一無所知，他們不知道自己的願望傳得那麼遠，傳到鎖住他們的巨大黑夜中。但是法比安發現了那希望，當他來自千里之外，當他經歷如巨浪般洶湧的風使飛機如呼吸般上升又下降，當他一如穿越戰亂中的國家，穿越了十個暴風雨。而在暴風雨之間，他也穿越月光的空隙。他感覺到那希望，他帶著勝利的心情抵達一盞又一盞的燈火，那些原以為只是照著卑微桌子的那一點燈火，其實已經打動了某個人，在距離他們八十公里之外的地方；就像是在絕望的大海中，被一座荒島上的那盞燈火燃起希望。

2

就這樣，三架來自巴塔哥尼亞、智利和巴拉圭的郵機正分別從南方、東方和北方飛回布宜諾斯艾利斯。有人在那兒等待他們的郵件；因為在午夜前，必須把那些郵件送上飛往歐洲的班機。

三位迷失在黑夜裡的飛行員，各自在重如駁船的防護罩後面，思索著他們的飛行；他們會從寧靜或暴風雨的天空，緩緩朝向巨大的城市飛來，就像好奇的農民從山裡頭走出來。

希維耶，負責整個航線網的他，正在布宜諾斯艾利斯的機場跑道上踱著方步。他仍然一言不發，因為對他來說，這三架飛機尚未抵達之前，「今天」仍舊充滿未知數。一分鐘又一分鐘，電報陸陸續續傳來，他才覺得從命運那裡辛辛苦苦搶得了一點什麼，減低了未知數，把他的飛行人員自黑夜之海拉到岸上。

一個工人走到希維耶身邊，報告來自無線電通訊員的消息：

「智利班機發出信號，說它看見布宜諾斯艾利斯的燈光。」

「好。」

不久，希維耶就會聽見那架飛機的響聲，黑夜正在把一架飛機交給他，就像潮起潮落的神祕大海，把它曾經搖搖蕩蕩許久的寶貝交給海灘。稍後，他會從黑夜的手裡再收到另外兩架。

那時候，一天就會有個結束，疲憊的工作人員可以去睡覺，由其他的生力軍接手。但是希維耶本人卻沒有辦法休息，因為那時輪到飛往歐洲的郵機令他不安。而且情況永遠如此，永遠。這位年老的鬥士對自己平生首次出現疲倦感而驚訝。飛機的到達並非戰爭結束，開創和平紀元的勝利標誌。對他來說，這永遠只是第一步，在第一步後面還有更多的千步、萬步。希維耶覺得長久以來，他一直伸著雙臂扛舉一個沉重的擔子：一種既無暫止也無希望的努力。「我老了……」他是在變老沒有錯，如果說他再也無法在行動之中得到滿足與動力。他很驚訝，自己怎麼會去思考這些以前從未冒出來的問題。然而，一團他過去一直摒拒的溫暖，帶著憂鬱的低喃，正從他背後襲來——這是一片失落了的海洋。「這一切難道這麼近了嗎？」他覺察到，他曾漸漸把一切讓生活變得甜美的東西推開，推向老邁——當他擁有時間的時候。好像真有那麼一天，他能夠擁有時問；好像在生命的那一頭，他便能獲得自己所想像的那種美好寧靜。也許不會有——並非所有班機都能準時返航。

希維耶停在工頭雷胡面前，他正在工作。雷胡也工作了四十年，工作耗盡他生命的能量。當雷胡在晚間十點或午夜回家的時候，他擁有的並非另一種世界，並非一個避風港。希維耶對他微笑了一下，雷胡抬起疲重的頭，指著一根生鏽的鐵軸說：「太緊了，不過我還是把它搞定了。」希維耶俯身探向那根鐵軸，他又犯了職業病：「該叫工廠把這些機件調得妥當一點。」他摸了一下兩個金屬咬合的痕跡，再次凝視雷胡。面對那些嚴肅的皺紋，一個奇怪的問題來到了他的嘴邊，他微笑問：

「雷胡，在你一生中，愛情會占去很多時間嗎？」

「啊？愛情，經理，你知道……」

「你和我一樣，你從來不曾擁有過時間。」

「是沒有很多時間……」

希維耶聽著他的嗓音，想知道他的回答裡是否有苦澀，似乎並沒有。面對昔日的生活，那男人的感覺就像一個剛把一塊木板削得很光滑的木匠：「嗯！弄得差不多了。」

「嗯！」希維耶想：「我的一生也差不多就是這樣了。」

他拋開一切陰暗的情緒，這些念頭只不過是因為疲倦的關係。他走向停機坪，因為智利班機正在轟隆作響。

3

遠遠的引擎聲越來越響，越來越近。燈開了，指示路線的紅燈勾出了一個停機坪、塔台和一個方形的飛機場。節目上場了。

「瞧！飛機到了！」

那架飛機已經在燈光中滑動，亮得像嶄新的。但是，當飛機終於在停機坪上停妥，技師和工人手忙腳亂準備卸下郵件時，飛行員貝樂林卻沒有動。

「怎麼啦？為什麼不下來？還等什麼？」

那位飛行員似乎正專心於什麼神祕的事而不想回答。他可能還在傾聽飛行的聲音流過體內。他慢慢點著頭，俯身向前，不知在操縱著什麼。終於，他轉過身來，面對他的上司和伙伴，像在審視他的財產般，認真盯著他們。他好像在清點人數、打量他們，覺得這一切是自己花了心血掙來的，一如他拚了命才得到這熱鬧如節日的停機坪，以及更遠一點，那個城市、城裡的溫暖、女人和一切活動。他簡直像個支配者把這群人掌握在一雙大手裡，撫觸他們，傾聽他們，侮辱他們。他本想叫他們安安靜靜站在那裡，以肯定自己還能活著、還能抬頭欣賞月亮，但是，他只是相當和善地說：

「……請我喝酒吧！」

然後他下了飛機。

他想描述他的飛行經歷。

「假如你們知道……」

大概是覺得說得夠多了，他轉而俯身去脫皮靴。

一輛小貨車載著他駛向布宜諾斯艾利斯，車上還有沉默的希維耶以及一位無精打采的督察員。貝樂林心中冒出一股悲哀：能通過一個考驗是美好的，能再一次神氣活現站著罵人是美好的。這是多麼值得欣喜的事！但是，當你回想的時候卻莫名懷疑了起來。

暴風中的掙扎奮鬥至少是真實的、明確的。當事物單獨呈現的時候，它往往是另一種不同的面貌。他心裡這麼想：

「這簡直就像一場背叛一樣，那些面孔看來並不顯得蒼白，實際上卻那麼善變！」

他努力追憶著。

起先，他平平穩穩地飛越南美洲西海岸的戈迪耶・安地斯山脈。冬雪寧靜覆蓋在山脈上，群山萬籟俱寂，就像數百年的歲月把一座古堡變得死寂。兩百公里的高山綿延著，不再有人，不再有呼吸，不再有努力，只有他與海拔六千公尺垂直山脊之間擦肩的微距，只有陡峭直聳的石塊，只有令人怖懼的寧靜。

那是在杜朋加托峰附近。

他想了一下，是的，他就在那兒目睹了一場奇蹟。

剛開始他並沒有看見什麼特別的，只是感到有些不安。就像某人原本以為自己獨自一人，後來卻發現整個環境並不單只有自己，因為有人在遠處望著他。他感覺自己被某種憤怒所包圍，但是知道得太遲，而且也不明白自己為什麼被憤怒包圍。那憤怒來自何方？

他憑什麼揣測那憤怒是從石頭裡滲出來的？從積雪裡跑出來的？因為看起來並沒有任何東西向他迎面襲來，也沒有陰森的暴風雨正在醞釀。可是，一個世界在同一時間點正從另一個世界脫胎而出。帶著一份無以名之的緊張，貝樂林凝視著那些無辜山峰、山脊、山上的積雪，淡灰色的它們開始活動起來了，像一支民族。

他沒有掙扎，只是用雙手握緊駕駛桿。有一些他不了解的事物正在醞釀。他繃緊自己的肌肉，像一頭準備縱身一躍的野獸，然而他看見的一切都很寧靜。是的，寧靜，但卻潛藏著一股奇異力量。

然後，一切逐漸銳利。那些山脊，那山峰，一切都在變尖；他感覺到它們在入侵，像船首、像厲風一樣。很快地，他覺得它們在迴轉，像列隊準備衝鋒陷陣的成群戰艦。空氣中混雜著一陣灰塵，那灰塵在上升，像一層薄紗沿著積雪輕輕地飄。唯恐等一下必須撤退，他企圖尋找一條退路，可是一轉過頭，他全身都發抖了，因為在他後面，整座戈迪耶山脈都沸騰起來了。

「我完了。」

前方一座山峰噴出了雪雹，像一座雪火山。然後，稍微偏右一點，第二座山峰也噴出了雪雹。就這樣，所有的山峰，一座連一座地噴發了起來，好像有個疾馳而過的隱形人逐一引燃。而就在這時候，颳起首波的氣流，飛行員四周的群山開始搖動。

這場激烈的行動並沒有留下太多痕跡，他再也記不起來那曾經捲走他的氣流。他只記得自己曾經憤怒掙扎過，在那些灰白的火焰中。

他思索了一下。

「旋風並不算什麼，死不了人。但是在旋風來到之前，你所遇見的那種情境卻太可怕！」

他覺得自己在一千張面孔之中認出了某一張，可是現在，他卻完全記不起來那張面孔。

4

希維耶望著貝樂林。二十分鐘後，當他下車時，他會和大家混在一起，疲倦而頭昏腦脹。他可能會想：「我累壞了……這一行真不是人幹的！」他也可能向妻子抱怨：「這裡比安地斯山脈好太多了。」而且，人們所重視的一切，他都看得很淡，因為他剛剛認識了苦難。人生多半時刻是充滿美好的假象，然而他方才在假象的背面活過了幾個小時，不知道是否還能在燈光中重新認出那座城市，不知道是否還能再見到令人厭煩卻又可親的童年玩伴，不知道是否能再擁有一切男人的弱點。希維耶想：「人群之中總有一些毫不起眼的人，他們全是奇妙的使者。但連他們自己也不知道這一點，除非……」希維耶害怕某些崇拜者，他們不了解冒險的神聖，他們的讚嘆使冒險的意義被扭曲，也使人的價值變得渺小。但貝樂林在此保存著他一切的偉大，因為他比任何人都更清楚，自己某天將能看見世界的價值，因此他帶著輕蔑摒棄了庸俗的讚美。希維耶恭喜他：「你是怎麼成功的？」希維耶喜歡他，因為他只單純談論他的職業，談論他的飛行，像鐵匠談論他的鐵砧。

貝樂林首先解釋他被切斷了後路，口氣幾乎像是在道歉：「所以我沒有選擇的餘地。」然後他就再也沒看到東西了，大雪使他形同瞎子。但是強烈的氣流救了他，把他舉到了海拔七千公尺的高空。「整段飛行間，我都和山峰挨在一起。」他也說到陀螺儀，他必須把陀螺儀的通氣筒更換位置，因為雪把它阻塞了。「你知道吧？結了薄冰。」後來，別的氣流又使貝樂林翻起筋斗；而且，當他降到海拔三千公尺處時，他搞不清楚自己為什麼還沒有撞山，原來，他已經飛在平原的上空了。「當我飛在清澈天空時，才恍然發現。」最後，他解釋說，那時他的感覺就像剛從岩洞裡爬出來。

「門多薩也有暴風雨嗎？」

「沒有。我降落的時候天空很晴朗，也沒有風。但是暴風雨緊緊追著我。」

他說那場暴風雨「很奇怪」。因為上端落在高高的雪花裡，底部卻像一團黑色熔岩在平原上翻滾。一座座的城市接連被吞沒進雪中。「我從沒看過那樣的景象……」然後他沉默了，回憶困擾著他。

希維耶轉過身來面對督察員。

「這是太平洋的一種颶風。通知來得太晚了，而且，那種颶風從來沒有越過安地斯山脈。」

沒人預測得到這個颶風竟會出乎意料地一直向東行進。

一無所知的督察員出聲附和。

督察員顯得有點遲疑，他轉身面對貝樂林，喉結動了一下，卻沒有說話。沉思半晌之後，他凝視前方，流露出一副憂鬱、認真的表情。

那種憂鬱就像他的隨身行李，走到哪兒就帶到哪兒。他是前晚到達阿根廷的，希維耶叫他來處理一些事情。一雙超大的手和督察員應有的尊嚴同樣使他放不開，他沒有權利欣賞幻想，也沒有權利欣賞雄辯。由於職責，他只欣賞準確和守時。他無權陪大家喝一杯酒，彼此稱兄道弟，開開雙關的玩笑，除非微乎其微的偶然機會裡，當他遇見另一個督察員的時候。

他想：「做一個執法者好難。」

說實話，他並不進行裁決，只是一味地點頭。因為一無所知，對於所有的事他一概都以慢慢點頭來回答。那樣做雖會良心不安，卻有助於飛機的保養。沒有誰喜歡他，因為設置督察員並不是為了被喜愛，而是為了寫報告。他早已放棄提供新方法和技術性的解決方案，自從希維耶的信上寫了：

「羅比諾督察員，請提供報告而不是詩篇。盼羅比諾督察員能善用權力以提高工作人員之熱誠。」從此以後，他便把指責別人的弱點視為家常便飯。他指責喝酒的技術人員、通宵不睡的機場主任，也指責在降落時一躍而下的駕駛員。

希維耶對他的評語是：「不太聰明，所以很有用。」希維耶所立下的規定，對希維耶自己來說，是基於對人的認識；可是對羅比諾來說，只是對規定的認識。

有一天，希維耶對他說：「所有機組人員凡是遲飛的，都應該取消『準時獎』。」

「即使是在特殊情形下嗎？譬如遇到大霧？」

「遇到大霧也一樣。」

有一位如此強硬的上司令羅比諾感到驕傲，也因此不再鄉愿，擁有和上司一樣敢於得罪人的權威。

後來，他常常向機場主任重複類似的話：「你們是在六點十五分下令飛機起飛的，所以我們不給獎金。」

「可是，羅比諾先生，在五點三十分的時候，跑道能見度只有十公尺啊！」

「這是規定。」

「可是，羅比諾先生，我們無法驅除濃霧啊！」

於是，羅比諾讓神祕包圍自己。他是主管，在一群任他使喚的屬下之間，他知道如何通過懲罰來改善天候狀況。

關於他，希維耶說過：「他不思考，所以他不會想錯。」

假如一位駕駛員弄壞了一架飛機，他就失去「保養妥善獎」。

「可是，假如飛機拋錨在一座森林中呢？」羅比諾問過這個問題。

「在森林上空拋錨也不能成為理由。」

羅比諾徹底實踐所說的規定。

「我很抱歉，」然後，他帶著一副自我陶醉的樣子向飛行員說：「我十二萬分地抱歉。要不然你應該在別的地方拋錨。」

「可是，羅比諾先生，我們沒有選擇的餘地！」

「這是規定。」

希維耶想：「規定就像宗教儀式，看起來極荒謬，卻能塑造人類的品德。」希維耶不在乎公平或不公平。那些字對他來說，甚至沒有意義。小城市裡的中產階級會在黃昏時來到音樂亭四周，希維耶看著他們想：「公平或不公平對他們都無所謂，那是不存在的。」對他來說，人是一塊需要被塑造的蠟。應當給這塊蠟賦予一個靈魂，為它創造一份意志力。他不想用那種殘酷的方式使大家變為奴隸，而是乾脆把他們拋到身後。假如說他懲罰起飛延誤是不公平的行為，但是換個角度來看，這也為每個航空站在起飛準時方面立下了標準；同時把維持標準的意志力感染給準備起飛的人員。因為他不允許工作人員因天候延宕而高興獲得休息的機會。他使他們忙得喘不過氣來。即使最卑微的粗工也會覺得，無所事事的等待是一種羞辱。於是，大家會利用天空出現一點破綻的時候展開出擊：「北方天氣晴朗，動身。」多虧希維耶，在綿延一萬五千公里的空間中，郵機優先於一切。

有時，希維耶會說：

「這些人很幸福，因為他們喜歡自己所做的。他們喜歡自己所做的，因為我非常嚴格。」

也許，他使他們吃了苦頭，但也帶給他們極大的快樂。他想：「該驅使他們過一種有痛苦也有歡樂的充實生活，這樣才是真正有價值的生活。」

由於車子要進城，希維耶叫司機把他送到航空公司的辦公室。車上僅剩羅比諾和貝樂林獨處，他望了貝樂林一眼，張開嘴想說些什麼。

5

今晚，羅比諾覺得沮喪。面對征服者貝樂林，他猛然發現自己的生活一片灰暗。尤其他發現自己——羅比諾，雖然有督察員的頭銜，有權勢，卻遠不如那個閉著雙眼、雙手油汙，精疲力竭縮在角落的男人。有生以來第一次，羅比諾欽佩他。他需要說出來。他尤其需要爭取一份友誼。經過長途旅行和白天的挫折，他感到厭倦了，也許，他甚至覺得自己可笑。今天晚上清點汽油存量時，他算得很亂，他原想抓住管理員的把柄，結果反而是對方可憐他，替他數完了。尤其，他批評了一個 B6 型的油唧筒的裝配，實際上他卻把它和 B4 型的搞混了。有二十分鐘的功夫，狡猾的技工們任他訓斥這種「不可原諒的無知」——他自己的無知。

他也害怕他旅館的房間。工作以來，從土魯斯*到布宜諾斯艾利斯，他永遠一成不變地朝著一個旅館房間走去。他把自己關在旅館房間裡，以為自己掌握著重要機密，他從手提箱裡抽出一束紙，慢慢寫上「報告」二字；隨便寫幾行，又全都撕掉。他喜歡幫助公司脫離危機，問題是公司並沒有處在任何險境中。直到現在，他只「救」了一支螺旋槳，還是生了鏽的。那時候，他當著一位機場主任面前，慢慢地、嚴肅地用一根手指摸著鐵鏽，那機場主任卻說：「請你去問前一站的人，這架飛機剛從那兒飛來。」羅比諾因而對自己所扮演的角色感到懷疑。

為了想和貝樂林接近，他試問一聲：

「我們一起吃晚飯好不好？我有點想找人聊聊天，有時候，我這個位置很難……」

然後，為了不貶低身分，他糾正了剛才的話：

* Toulouse，位於巴黎南方五百九十公里。

「我背負太多的責任！」

下屬們不喜歡羅比諾管他們的私生活。每個人都這麼想：「假如他還沒找到寫報告的資料，而他又很餓的話，他就會把我吃掉。」

可是那天晚上，羅比諾只想到他的病痛：他的身體長了濕疹。這是他唯一的祕密，他很想找人傾訴，尋求一點安慰。因為高傲是找不到慰藉的，只有卑恭才能換取憐憫。他在法國有個情婦，每逢夜歸的時候，為了炫耀、為了使她愛慕他，他會敘述自己督察的情形。可是，她反而更討厭他。他也需要談談情婦的事。

「那麼，你答應和我吃晚飯，是不是？」

善良的貝樂林接受了。

6

當希維耶走進布宜諾斯艾利斯航空公司的辦公室時，祕書們正在打瞌睡。他沒有脫下大衣，也沒有拿下帽子，像一個永遠的過客。他走過的時候幾乎不引人注目，矮小的身材毫不擾亂寧靜的空氣，灰白的頭髮、樸素的衣著又特別不突出，彷彿能融入任何背景。然而，他的出現卻挾帶著一股力量，令人振奮。祕書們不再無精打采了，辦公室主任趕緊檢視最後的文件，打字機滴滴答答響了起來。

接線生開始把卡片插上交換機，並把電報登記在一本厚厚的的簿子上。

希維耶坐下來讀報告。

經過智利班機這場艱苦的考驗之後，他重新回顧這一天種種得意的事。這一天，一切事情安排得井然有序，過境機場間相互發送的電文全都是簡潔的凱旋報告。巴塔哥尼亞的郵機飛行順暢，將會比預定的時間更早抵達，因為氣流由南向北，飛機遇到了順風。

「把氣象報告遞給我。」

每個機場都發出天氣晴朗的訊息，萬里無雲，微風輕拂。夕陽為美洲穿上了金色大衣，希維耶因諸事順遂而欣喜。此刻，雖然還有郵機在某地與黑夜進行搏鬥，但是勝算相當大。

希維耶把報告推開。

「好了。」

像一個看守大半個世界的更夫，他走出去巡視各個行政單位。

他在一扇敞開的窗前停下，突然之間對黑夜有所領悟。黑夜孕育著布宜諾斯艾利斯，也孕育著整個美洲。他感受到一種偉大，卻不因這種感覺而詫異。想像之中，智利聖地牙哥的天空是另一個國家的天際；但是一旦郵機飛向聖地牙哥，自航線的這一端至那一端，大家便都住在同一個深邃的蒼穹之下。此刻，無線電收報機正在監聽另一架郵機的聲音，而巴塔哥尼亞的漁夫們也能看見那飛機的燈光在閃亮。當一架飛行中的班機以不安籠罩在希維耶身上時，等於也以引擎的轟隆聲籠罩了首都以及其他城市。

他因夜的晴朗而欣喜，並追憶起一些紛亂的夜。在那些夜裡，他覺得飛機似乎全都危險地墜落了，再也無法拯救。在布宜諾斯艾利斯的發報機裡，人們聽見飛機的悲號和暴風雨的聲音交雜。在那些雜音的淹沒下，聽不見悅耳的聲波。當飛機以無的之矢的姿態衝向黑夜的障礙物時，機艙裡傳來的微弱音樂聲多麼令人心痛！

希維耶認為，值班的時候，督察員應該待在辦公室裡。

「幫我把羅比諾找來！」

羅比諾正試著和一位飛行員建立友誼。在旅館裡，他打開了隨身手提箱；箱子裡裝了一些小東西，靠著那些小東西，督察員讓自己和外界保持著一些互動。那是幾件不怎麼好看的襯衫、一套盥洗用具，還有一張瘦瘦女人的泛黃照片。就這樣，他向貝樂林承認他的渴望、他的溫柔、他的追悔。他把那些東西亂糟糟地排成一行，向飛行員訴苦。這是一種精神性濕疹，他打開他的監獄讓飛行員參觀。

但是，跟每一個平凡的你我一樣，羅比諾也保有一線小小的曙光。他從手提箱底部抽出那個小袋子時，當下感到一份莫大的寬慰。他用手握著那個袋子，沉默了半晌。最後，他放開手：

「這是我從撒哈拉沙漠帶回來的……」

那督察員對自己勇敢的坦白羞紅了臉。他的失意、不幸的婚姻，以及種種令人失望的現實，都因為這些發黑的小石子而得到撫慰。那些石子開啟了一扇神祕之門。

說這話的時候，他的臉更紅了。

「在巴西也能找到同樣的……」

督察員正低頭看大西洋圖上的阿迪郎迪德島，貝樂林拍了一下他的肩膀，以一種相似的靦腆問說：「你喜歡地質學嗎？」

「那是我的最愛。」

對他來說，生活中只有石頭給了他溫暖。

聽說有人叫他，羅比諾覺得難過，但是神情隨即莊嚴起來。

「我該離開了，希維耶需要我幫他決定一些重要的事情。」

羅比諾走進辦公室的時候，希維耶已經把他拋到腦後了。牆上掛著一幅地圖，地圖上是貼有紅色標誌的公司航線網。希維耶正在地圖前沉思，督察員則在一旁待命。就這樣過了好一會兒，希維耶頭也不回地問道：

「羅比諾，你覺得這張地圖怎樣？」

有時，從沉思中走出時，他老是問些令人費疑猜的問題。

「這張地圖，經理……」

說實話，督察員對那張地圖沒有什麼感覺。但是他仍然用嚴肅的目光盯著，大略巡視著歐美二洲。希維耶還在繼續沉思，他沒有說出自己的想法：「這航線網的面貌很美，但是卻很冷酷。它使我們失去了許多人，許多年輕人。它以一種絕對的權威豎立在這裡。可是，卻造成了多少問題！」不過對希維耶來說，目標凌駕於一切之上。

羅比諾在他的身邊，還在直勾勾凝視著地圖。他的自信一點一點回來了，他從不期望能從希維耶那兒獲得任何同情。

有一次，為了碰碰運氣，他曾對希維耶說起那可笑的濕疹把他的生活弄得很糟，而希維耶開玩笑似地回答：「假如濕疹害你睡不好，那你豈不是比別人有更多精力？」

這不完全是玩笑話。希維耶習慣這麼說話：「如果一位音樂家容易失眠，而失眠時他又可以寫出好作品，那麼這種失眠就是美好的。」有一天，他曾指著雷胡說：「你瞧！多美，這種醜陋剛好能夠令愛情卻步……」也許，雷胡所具有的一切偉大都得歸功於他的醜陋，是那種醜陋造就了他整個生活就是職業、工作。

「你和貝樂林是好朋友嗎？」

「嗯……」

「我並不會責怪你。」

希維耶低著頭轉了半圈，拉著羅比諾碎步走去。他的唇邊有一絲淒涼的微笑，是羅比諾所不了解的笑容。

「不過……不過你是上司。」

「是。」羅比諾說。

希維耶心想，如果情況繼續這樣，每天晚上的夜空都可能釀出一齣悲劇似的行動。意志稍有動搖便可能招致失敗，從天黑到黎明這短短的一夜，必須存在無數努力。

「你該維持自己的身分。」

希維耶衡量著他的話語。

「也許，你明天晚上可能指揮這位飛行員進行一次危險的任務，他應該服從你的命令。」

「是……」

「可以說你是在操控人的生命，一些比你更有價值的人的生命……」

他遲疑了一下。

「這是很嚴重的事。」

踏著碎步，希維耶沉默了幾秒鐘。

「假如他們是看在友情的分上服從你，那麼你就欺騙了他們，因為你沒有權利要人為你犧牲。」

「當然沒有……」

「假如他們以為友情可以使他們免於某些苦差事，你仍然是欺騙了他們，因為他們本來就應該服從。坐下。」

希維耶用手輕輕把羅比諾推向他的辦公桌。

「羅比諾，我要你好好待在你的崗位上。假如你疲倦了，支撐你的不該是那些飛行員。你是上司，在他們眼裡，你的脆弱是可笑的。寫吧！」

「我……」

「寫：『督察員羅比諾因……而懲罰飛行員貝樂林……』你一定可以找出某個理由的。」

「經理！」

「羅比諾，試著明白這個道理：愛你所指揮的人，但是不要告訴他們。」

又一次，羅比諾會堅持叫人擦淨螺旋槳上的鏽。

一個緊急備用機坪用無線電報告消息：「已經看到飛機了，機上發出信號：減速，即將降落。」

又得耽誤半小時了，希維耶覺得生氣。這種生氣的經驗其實大家都熟悉，當火車突然在鐵軌上停下來，時間一分一秒過去卻看不見該出現的平原——旅客們應擁有的平原。掛鐘的時針此刻正指向一個死寂的空間，因為鐘面上的那半小時區域，原來可能容納許多事的。為了縮短等待的時間，希維耶走向室外。在他看來，天空如同一座缺少演員的舞台空蕩蕩。「浪費一個如此美好的夜！」帶著怨恨，他從窗口望向清朗、繁星滿天的天空；星星是神聖的浮標。他望向月亮，這夜間的黃金就這樣被揮霍掉了。

但是，一旦飛機起飛，對希維耶來說，夜間依然美麗動人，它承載著生命。希維耶十分關切。

「你們遇見了什麼樣的天氣？」他叫航站問機組人員。

十秒鐘過去：

「很好的天氣。」

然後傳來幾個飛越過的城市名字。對希維耶來說，那些城市都是在這次戰爭中淪陷了的城市。

7

一小時以後，巴塔哥尼亞號郵機的無線電通訊員，覺得自己正被一個肩膀輕輕斜斜地抬起。他向四周望了望：黯淡的雲翳熄了星星的亮光。他俯瞰地面，尋覓村子裡的燈火，燈火好比隱藏在草叢裡的螢火蟲，但是此刻竟然連一隻螢火蟲也找不到。

發現這是一個艱難的夜，他覺得快快不樂：前進，後退，征服了一些土地，又被迫放棄。他無法了解駕駛員的策略，他預感在遙遠的前方，他們將會像撞上一座牆似地撞向深厚的黑夜。

在視線盡頭那一端，緊靠著地平線的地方，他看見一點隱隱約約閃爍的光芒：那是鐵匠熔爐的火光吧！通訊員碰了一下法比安的肩膀，可是法比安一動也不動。

遠處的暴風雨開始騷動，向飛機進攻。機身沉重的金屬架慢慢升高起來，壓在無線電通訊員的身上，然後彷彿消失了、融化了；有幾秒鐘的時間，他一個人在黑夜裡飄浮。於是，通訊員用雙手緊緊抓住鋼質橫槓。

除了座艙裡的紅燈泡，他什麼也看不見；他發抖了，感覺自己陷入夜的中心，沒有外援，只有一盞小小的礦燈在保護他。他不敢驚動飛行員法比安，問他有什麼打算。他只能俯身向前，緊緊抓住鋼製橫檔，凝視著飛行員黑色的頸子。

在微弱的燈火中，飛行員只露出一顆靜止的頭和一雙肩膀。身體變成漆黑的一團，略微傾向左方。臉孔在暴風雨的洗滌之下，交織著一條條亮光。但是通訊員一點也看不清他的臉孔。為了對抗暴風雨，那張臉孔上有急速變換的表情：不屑、意志、憤怒，在法比安蒼白臉孔和那短暫亮光之間相互交流的情感，對通訊員來說，都是無法理解的。

不過他能夠揣摩，一股力量凝聚在那靜止的黑色人影上，他喜歡那個人影。那人影雖然把他帶向暴風雨，卻無疑地也庇蔭著他。那雙緊握駕駛桿的手已經重重壓在暴風雨上，像箝制著一頭野獸的頸子；他充滿力量的雙肩一直是沉穩的。他在那雙肩膀上，感覺到潛藏的雄厚力量。

通訊員想：畢竟，飛行員才是負責的人。坐在後面，彷彿在疾駛中無辜被拖著撲向火焰而去的他，正品味著面前那人影所表達的質感和分量，所表達的永恆。

左邊，又有一戶人家點起了燈火，微弱得像一盞油燈。

為了通知駕駛員，通訊員用手碰觸一下法比安的肩膀，他看見他慢慢回過頭來，臉朝著這個新的敵人，幾秒鐘的功夫，然後又慢慢回到原來的位置。那雙肩膀永遠是靜止的，頸子連在皮椅背上。

8

希維耶走了出去，想要散散步，順道忘卻復發的病痛。永遠只為航空事業——悲劇性行動——而活著的他，異樣地感覺到那齣戲慢慢變成他個人的悲劇。他心想：在音樂亭四周的中產階級人士，表面上看起來很寧靜，其實也充滿著悲劇：生、老、病、死、愛情，也許還有……他從自己的疾病中體會良多，他想：「原來疾病也會帶來某些啟示。」

稍後，晚上十一點左右，因為呼吸比較舒暢了，他便朝著辦公室走回去。電影院的門外擠滿了人，他慢慢從人群之中穿過去。他抬起頭來望望繁星，照亮那條窄路的廣告霓燈幾乎掩蔽了星光。他想：「今天，我有兩架郵機在飛行，我要對整個天空負責。星星是一個訊號，它在人群中尋找我，找到了我。這就是我為什麼感到有點與眾不同、感到孤獨的原因。」

他又想起了一段音樂：昨晚和幾個朋友一同聆聽的某首奏鳴曲的幾個音符。他的朋友們沒聽懂：「我們討厭這種藝術，你也討厭這種藝術，差別只在於你不承認罷了。」

「也許吧……」他回答。

昨天晚上他一如今晚曾經感到寂寞，但是很快就發現了那種寂寞的豐富。在平凡的人群中，那音樂只為他「一」人帶來訊息。那顆星星的標誌也是如此。在那麼多的肩膀上方，用一種只有他才聽得見的語言向他傳遞。

在人行道上，有人推擠他。他又想：「我不會生氣。我像一個生病孩子的父親，走在人群裡。肩上扛著全家的沉重孤寂。」

他舉頭望望人群，試著在人群間認出那些陪著孩子或愛人來漫步的人。他也想起守燈塔人的孤獨。

他喜歡辦公室裡的寂靜。慢慢地穿越辦公室，一間又一間，他的腳步在地上發出聲響。打字機在套子下面沉睡，大檔案櫃也關著，裡面有整理得有條不紊的公文。十年的工作和經驗。這個想法來到了他的腦中：他正在參觀一家銀行的地窖，裡面有沉甸甸的財富。他認為每本公文簿都比金子更能代表財富，因為那是一種活生生的力量。只是現在它們睡著了，像銀行裡的金子一樣。

在某處，他可能遇見另一個值夜班的人。一個在某處工作，為了生活、為了讓意志力繼續的男人。就這樣，從土魯斯到布宜諾斯艾利斯，一站到另一站，連接的鎖鏈永遠不斷。

「這個男人不會意識到自己的偉大。」

某處，郵機還在奮鬥。夜間飛行難捱得像一場疾病，必須整夜保持警戒。我們必須幫助那些用雙手雙腳迎戰黑影的人，他們不再認識任何東西，除了一些晃動的、隱形的東西，而且必須不顧一切，用臂力把自己從海底拔出來。他們承認幾度有種恐怖的感覺：「我得照亮我的雙手，才能確認自己眼睛看得見……」雙手的細緻只有放在攝影師暗房的紅色顯影液裡，才能真正顯示出來——那是人間剩下唯一值得拯救的東西。

希維耶推開值勤辦公室的門，唯一的一盞燈在角落裡創造了一方明亮。只有一架打字機發出的聲響賦予這份寂靜某種意義，但並不能填滿寂靜。有時，電話鈴響起，於是值班的祕書站起來，走向那一而再、執拗、哀傷的呼喚。值班祕書拿起聽筒，那種覺察不到的焦慮便安靜了：在一角的陰影中，傳出一段溫柔的對話。而後，這男人又面無表情地回到他的辦公桌前，由於孤獨與睏倦的神態，他的面孔彷彿藏著不可捉摸的祕密。當兩架郵機正在飛行，來自黑夜的呼喚會帶來什麼樣的威脅？希維耶想到，這些電報關係著許多夜燈下的家庭，萬一有意外，在幾近永恆的幾秒鐘裡，那痛苦在老父的臉上像是一項奧祕。首先是無力的電波，它距離所發出的聲音是那麼遙遠，那麼安靜。每一次，他都在含蓄的鈴聲中聽見微弱的回聲；每一次，那個男人的動作因孤獨而變得緩慢，像一位在兩波海浪之間浮出水面的潛水員，最後，他再度從陰影中回到燈前。在他看來，這些動作似乎充滿了祕密。

「別動，我去接電話。」

希維耶拿起聽筒，聽見了外界的喧譁。

「我是希維耶。」

一陣輕微的騷動，然後是一個聲音：

「我替你接無線電通訊站。」

又是一陣騷動。在接線生接線的聲音之後，傳來另一個聲音：

「這裡是無線電台。電文是這樣的。」

希維耶把電文記下，點點頭：

「好……好……」

沒有什麼重要的事，不過是一般例行訊息。里約熱內盧要求提供一個情報，蒙特維多談到天氣，門多薩談到裝備。都是工作站裡頭再熟悉不過的話語了。

「郵機呢？」

「有暴風雨，我們聽不見飛機。」

「好。」

希維耶想，這兒的夜空很清，星星也亮，但無線電通訊員卻發現遠處有暴風雨。

「回頭見。」

希維耶站起來，祕書向他說：

「先生，這是工作日誌，請簽名。」

「好。」

希維耶發現自己對那男人很有好感，他身上充滿了夜的能量。「好一個戰鬥伙伴，」希維耶心想，「他永遠不會知道，這次守夜竟會把我們團結得這麼緊密。」

9

抱著一疊公文走入個人辦公室，希維耶感到右邊腰部強烈的疼痛。劇痛已經折磨他好幾個星期了。

「不太對勁……」

他斜倚在牆上一會兒。

「真是莫名其妙。」

然後他走向座椅。

他再次覺得自己像一隻被拴住的衰老獅子，心裡湧起一股強烈的悲哀。

「那麼投入工作，換來的竟是這樣的代價！我五十歲了，五十年來，我充實了我的生活，塑造了我自己。我奮鬥過，扭轉了情勢。而現在，我居然操心著病痛，而且還把它當作世界上最重要的事……真是可笑！」

他休息了一會兒，擦去一點汗，等覺得舒服些了，又繼續他的工作。

他慢慢翻閱著工作日誌。

「在布宜諾斯艾利斯拆卸三〇一號引擎的時候，我們發現了……我們將懲處負責人員。」

他簽了名。

「福洛利亞諾波利斯站*未能服從指示……」

他簽了名。

「我們將依規定將停機坪主任理察調職處分……」

他簽了名。

腰部右側的疼痛雖然暫時麻木，但是又會一再發作，每次痛楚來襲都像生命中嶄新的感受。那疼痛迫使他開始反省，他的語調變得苦澀。

*位於巴西。

「我公平或不公平？我自己也不懂。假如我鐵面無私，飛行事故的機率就能降低。負責的不能是一個『人』，那是一種潛在的權威——若我們絕不去觸及，就永遠不會碰到它。假如我太以「公平」為念，那麼每一趟夜間飛行都可能是一次死亡危機。」

他感到某種厭倦，自己如此嚴峻冷酷地開闢了這條航路。或許，惻隱之心是好的。他繼續翻閱工作日誌，陷入沉思之中。

「……至於何布雷，從今天起，他不再屬於這個單位。」

他想起兩人的對話，腦海中又浮現那個老好人。

「這是教訓，有什麼辦法？這是一個教訓。」

「可是，先生……可是，先生，一次，就這麼一次，你想想，我工作了一輩子！」

「必須讓大家學到教訓。」

「可是，先生，你瞧！」

他拿出一個陳舊的公文夾和一份舊報紙，報紙上有張相片，是年輕時代的何布雷站在一架飛機旁。

希維耶看見那雙蒼老的手在那份天真的榮譽上顫抖。

「先生，這是一九一〇年拍攝的……是我在這兒裝了阿根廷的第一架飛機……先生，都已經二十年了。你怎麼能說……而且，先生，工廠裡的年輕人會怎麼嘲笑我啊？……啊！他們會笑壞的！」

「這個，我可管不著。」

「那我的孩子呢？先生，我有孩子！」

「我說了，我給你一個普通工的職位。」

「我的尊嚴，先生，我的尊嚴！想想看吧！先生！二十年的航空經驗，一個像我這樣的老工人……」

「普通工。」

「我拒絕，先生，我拒絕！」

那雙年老的手顫抖著，希維耶把視線瞥過去，為了不看那雙布滿皺紋、粗糙卻美麗的手。

「普通工。」

「不，先生，不……我們再談一談……」

「你可以走了。」

希維耶想：「我粗暴辭退的並不是『他』，而是那個『過失』。或許應該對那個過失負責的並不是他，但問題是，那過失是經由他創造出來的。」

「一切結果都是由人操縱的。」希維耶想：「人為因素造成事件結果。而人本身也是可憐的東西，也是被形成、產生的。當過失經由他而被製造出來的時候，我們就得將他撤職了。」

「我想再談一談……」那可憐的老人還想談什麼？談他昔日的愉悅喪失了？談他喜歡聽工具在飛機鋼板上敲打發出的聲音？談他生活中美好的感覺被剝奪？然後說……生活必須過下去？

「我累了。」希維耶想。一股溫暖升起，輕輕拂過。他拍拍那張公文，想著：「我一向很喜歡那老傢伙的面孔……」希維耶又想起那雙手，想起那雙手合攏時的輕微顫抖。其實，只要這樣說就夠了：「好吧，好吧，你留下。」希維耶幻想著從那雙年老手中流溢出來的喜悅，而且，這種喜悅不是從臉上說出來，而是從那雙手透露出來的，他覺得這將是人間最美的東西。「我會撕掉這張命令？」如果這樣做，那老傢伙晚上下班時，可以帶著他有點謙卑的驕傲回家：

「那麼，人家把你留下來了？」

「瞧你說的！想想看嘛！阿根廷的第一架飛機可是我裝的！」

那些年輕人不會再嘲笑他，老前輩的尊嚴可以失而復得……

「我會撕掉它？」

電話鈴在響，希維耶拿起了聽筒。

好一會兒，只有風從空洞裡傳出深深的回響。終於，有人說話了：

「這兒是機場。你是哪位？」

「希維耶。」

「經理，六五〇號飛機上了跑道。」

「好。」

「總算好了，一切都準備就緒。可是最後一小時由於接觸不良，我們必須重新調整電路。」

「好。是誰負責電路系統？」

「我們會查。假如你允許，我們會處罰失職人員，座艙裡的照明若故障，可能會引起嚴重後果。」

「當然！」

希維耶想：「不論我們在什麼地方發現過失，如果不除去它，就會發生類似照明燈壞掉的情況。維修的時候抱著僥倖心態，便是一種失誤的罪過。何布雷得被撤職。」

祕書什麼也不知道，還在繼續打字。

「你打的是什麼？」

「這兩週的帳目表。」

「還沒弄好？」

「我……」

「趕快做好。」

「奇怪，冥冥中就有力量會顯示它自己。同樣的力量也使森林滋長、繁盛，從偉大的事物四周湧出。」希維耶想到因小小常春藤而傾倒的廟宇。

「一椿偉大的事業……」

為了使自己安心，他又想了一下：「這些人我都喜歡，但我打擊的不是他們，而是經由他們產生的錯誤……」

他心跳變得很快，覺得很難受。

「我不知道我做的事情對不對。我不知道人生的精確價值，也不知道正義、悲哀的精確價值，不知道一隻顫抖的手的價值，也不知道惻隱之心的價值，更不知道溫柔的價值。」

他這麼深思著：「人生實在非常矛盾，人們盡可能想辦法和人生搏鬥……用會腐朽的血肉之軀去交換、延續、創造……」

希維耶思索了一下，然後按了電鈴。

「打電話給歐洲班機的飛行員，請他出發前來見我。」

他在想：「那架班機不應該半途折回來。假如我不給工作人員打氣，黑夜永遠會令他們不安。」

10

飛行員的妻子被電話吵醒後，望著她的丈夫。她心想：再讓他多睡一會兒。

她欣賞那個赤裸、勻稱的胸膛，想像那是一條美麗的船。

他在那張安穩的床上休息，有如停泊在港灣裡。為了不讓任何事物驚動他的睡眠，她用手指撫平床單上的皺摺和波浪般的被子。她試著弄平那張床，就像神以一根手指撫平海面。

她站起身打開窗戶，風迎面吹來。臥室能夠俯瞰布宜諾斯艾利斯。毗鄰的屋子隨風傳來了樂聲，有人在跳舞，此時正是娛樂和休閒的時刻。城市用十萬座堡壘把人摟得緊緊的，一切都很寧靜、很安全；可是那女人卻彷彿聽見有人即將發出如此的呼聲：「拿起武器！」並且只有「一」個男人！——她的丈夫會勇往向前。他還在休息，但是那休息像隨時準備全力以赴的後備軍人般可怕。熟睡的城市並不會提供保護，當他——年輕的神祇從燈光的微塵中醒來時，城市的燈光對他來說是無力的。她凝視著那雙結實的胳臂；一小時後，那雙胳臂將肩負起歐洲郵機的命運，好比負責一個城市的命運般，肩負起某種偉大的責任。她的心亂了。在數百萬人當中，只有這個男人為不凡的犧牲而準備，她因而感到難過。他逃開她的溫柔，她為他做飯、為他守夜、撫慰他，這一切卻不是為了她自己，而是為了那個即將把他帶走的黑夜；那些她一無所知的戰鬥、痛苦與勝利。

那雙溫柔的手只是暫時被馴服，它們真正的工作是她難以理解的。她熟悉這個男人的微笑，熟悉他身為情人的體貼，但卻不懂他在暴風雨中神聖的憤怒。她用溫柔的鏈條拴住他，給他音樂、愛情、鮮花；但是，在每次出發的時刻，那些鏈條全都掉落，而他的臉上竟沒有一絲痛苦。

他睜開了眼睛。

「幾點鐘？」

「半夜十二點。」

「天氣如何？」

「我不知道……」

他起身，伸著懶腰，慢慢走向窗口。

「不太冷。風向如何？」

「我怎麼知道！」

他一面俯身，一面說：

「南風，很好。至少會持續到巴西。」

他看見月亮，明白自己的幸運。然後，雙眼俯視這座城市。

城市既不溫柔，也不明亮和溫暖。他似乎看見城市的燈光已然如細沙般傾瀉流逝。

「你在想什麼？」

他在想，巴西的波多阿勒格赫城附近可能有霧。

「我有我的戰略，我知道怎麼繞過去。」

他的腰仍然彎著。他深深呼吸著，像縱身跳入海水前一樣。

「你一點都不難過……你要去幾天？」

八天、十天，他不知道。難過？不！為什麼要難過？那些平原、那些城市、那些山巒……他無牽無掛地出征，要去征服那些平原、城市和山巒。他想，一小時內，他就會占有布宜諾斯艾利斯，然後再把它遺棄。

他微笑了。

「這個城市……我很快就會離它遠遠的，夜間飛行很美。我拉著油門操縱桿，朝南，十秒鐘以後，風景就全都倒過來了。再朝北，這座城市將會像是海底。」

她想到的則是他為了征服所放棄的東西。

「你不愛你的家嗎？」

「我愛我的家……」

可是，妻子知道他的心已經起飛了，那雙寬肩已經扛起天空。

她向他指指天空。

「你會有好天氣，你的路上鋪滿了星星。」

他笑了：

「是的。」

手靠在他的一雙肩膀上，她因為感受到它的溫暖而更加難過；難道有什麼在威脅著這肩膀嗎……

「你很強壯，但還是要小心！」

「小心，當然……」

他又笑了。

他穿起衣服。為了這個特別的日子，他挑選最粗的布料、最厚的皮革，把自己穿得像個農夫。他越是粗獷，她越是欣賞他。她親手替他扣上腰帶，拉好靴子。

「這雙皮靴穿起來不太舒服。」

「還有另一雙。」

「替我找根繩子，安全燈要用的。」

女人望著她的丈夫。她親自把他一身裝備的最後一個細節弄好，一切都調整好了。

「你很帥。」

她看見他仔細梳著頭髮。

「是梳給星星看嗎？」

「是為了讓自己感到年輕。」

「我真嫉妒……」

他又笑了，吻了她，把她摟在懷裡，讓她靠著他粗厚的衣服。然後，他用雙臂把她像小女孩般舉起，一面笑著，一面把她放在床上。

「妳睡吧！」

他帶上了門。在街上，在陌生的夜行人之間，他踏出遠征的第一步。

女人待在家裡，憂傷地凝視那些花、那些書，那溫馨的一切。可是對她的男人來說，這些溫柔只不過是海底而已。

11

希維耶接見他：

「上回，你和我開了一次玩笑。當時的氣象狀況很好，你卻中途折返，你原本可以一直往前飛的。你是害怕嗎？」

毫無心理準備的飛行員先是不吭聲，慢慢搓著手，然後舉起頭來正視希維耶：

「是的。」

希維耶打從心底同情這個既害怕又勇敢的小伙子。飛行員試著為自己辯護：

「當時我什麼也看不見。當然，更遠的地方……可能……無線電報告說……可是座艙裡的燈光很暗，我連自己的手都看不見。我試著打開位置燈，希望至少看見機翼，但是我什麼也看不見。我覺得自己像在一個大窟窿底部，爬不上來。那時，引擎開始震動起來了……」

「沒有。」

「沒有？」

「沒有。後來我們檢查結果發現，引擎十分正常。你一害怕的時候，就會覺得引擎在震動。」

「誰不會害怕？我的上方全是高山。當我想飛高一點的時候，卻遇見了強烈氣流。你知道，什麼也看不見……而且又有氣流……我不但沒有上升，反而下降了一百公尺。我看不見陀螺儀，也看不見氣壓表了。我覺得引擎的速度在減低，溫度一直上升，油壓下降……這一切都在黑暗中，像病得昏沉沉了一樣。你知道當我重新看見一座有燈光的城市時，我有多高興！」

「你的想像力太豐富。算了！」

然後，飛行員就走了。

希維耶在沙發上坐下，把手插在灰白色頭髮裡。

「他是我最勇敢的部下。那天晚上他完成的飛行其實很了不得，我這番話只是要他不再害怕……」

之後，脆弱的意念彷彿再度來襲：「想贏得友誼，只需要同情就夠了。我不常同情別人，或者我把它壓抑住了。但是我喜歡周遭充滿人情味的友誼和溫暖。醫生在行醫時能夠遇到這些。可是我投入的是重大事件。我必須鍛鍊他們足以為航空事業服務。晚上，我在辦公室裡面對飛航行程表的時候，明顯感受到那艱難法則的存在。假如我馬馬虎虎，讓已有明確規定的事未能嚴格執行，那麼很奧妙地，意外就會發生。似乎只有我的意志力才能阻止飛行中的飛機中途折返，才能讓飛行中的飛機不因暴風雨而遲到。有時，我對自己的力量感到驚訝。」

他進一步思索：

「這個道理其實很清楚，園丁在草地上永遠不懈地抗戰就是這樣。那雙普通的手得不停地鬆土、翻整，土壤隨時會趁你不注意就冒出草叢，花匠雙手的重量則阻止草叢任意蔓延。」

他想到剛才那位飛行員：

「我要把他從恐懼中拉出來。我攻擊的不是他這個人，而是透過他去攻擊那種使人在『未知』面前癱瘓的阻力。假如我聽信他，同情他，假如我對他冒險的說法太認真，他會以為自己真的是從神祕之鄉回來的。而「神祕」正好是人們所害怕的。男子漢必須走入那黑暗的井底，再從井底出來，說他們什麼也沒有遇見。這個男人得深入黑夜最隱密的神祕中心，連照亮他雙手或是機翼的小礦燈也不帶，只用雙肩排開一切的『未知』。」

其實，在這種戰鬥中，一種心照不宣的兄弟情誼把希維耶和他的飛行員緊緊連在一起。在他們的心靈深處，彼此是同一條船上的人，擁有相同的征服慾望。而此刻，希維耶想起他為了征服黑夜而面臨的其他戰鬥。

在高層人士的圈子裡，他們像害怕一片從未有人探險的蠻荒叢林般，憂懼這塊黑色的版圖。派出一組飛行成員，以每小時二百公里的速度，朝向暴風雨，朝向濃霧，朝向黑色所包藏的、看不見的物體障礙而去。對軍用飛機來說，這種歷險勉強算是可行——軍人在清朗的夜間離開基地，進行轟炸任務，再返回基地。如果是一般飛機，在夜間嘗試飛行想必會失敗。可是希維耶告訴他們：「對我們來說，這是最迫切的問題。雖然我們白天走得比火車和船還要快，但是每天夜裡，我們卻因為停止飛行而把白天競爭中贏來的時間輸掉。」

希維耶曾經帶著煩倦聽他們談清單、保險，尤其是輿論。希維耶反駁說：「輿論？輿論是由人們來控制的！」他想：「多麼浪費時間！有些東西……有些東西是高於這一切的。活著的人必須為了活下去而盡力去克服所有問題。而且，為了生活創造自己的法律，那是不可抗拒的。」希維耶不知道什麼時候可以做到，也不知道如何才能讓夜間飛行真正成為可行，但他仍然必須準備，為了獲得必然的解決。

在鋪著絨布的會議桌前，他雙手支著下巴，覺得自己帶著一股奇特力量，傾聽那麼多的異議。他覺得那些異議全是徒然，事先就遭受過生活的批判。他察覺到，凝聚在自己心中的力量具有可觀的分量。希維耶想：「我的推理是有根據的，我會得勝，那是事件的自然趨向。」當人們要求他先提出排除危險、盡善盡美的解決辦法時，他回答說：「經驗自會把辦法整理出來，總是先認識經驗，才會認識辦法。」

經過漫長一年的奮鬥之後，他勝利了。有些人說：「這是由於他的信心。」另一些則說：「這是他的堅毅所致，因為他有熊一般的強大力量。」但是，根據他自己單純的看法，那是因為他施加壓力的時候沒有弄錯方向。

可是開始的時候，真是再小心不過了！飛機只在黎明前一小時出發，日落後一小時降落。直到希維耶對自己的經驗較具信心了，他才敢讓他的郵機在深夜飛行。現在他是孤軍奮戰，幾乎沒有人追隨他，大家都批評他。

希維耶按了鈴，想知道有關飛行中的飛機的最後消息。

12

這個時候，巴塔哥尼亞號郵機正在接近暴風雨。飛行員法比安不再打算繞過暴風周圍，他估計這個暴風雨的面積範圍太大。閃電的光線很長，直入該地區的內陸，露出許多堡壘般的雲層。他嘗試著從暴風雨下方飛越，假如情況不佳，他打算掉頭折返。

他看了一下高度表：一千七百公尺，雙掌壓著駕駛桿，開始下降。引擎震動得很厲害，飛機也在顫抖。法比安依照自己的判斷，糾正下降的角度，然後在地圖上檢查小山的高度：五百公尺。為了保留彈性空間，他飛向七百公尺高處。

就像拿財產作賭注，他拋棄了高度。

一陣氣流使飛機俯衝，機身震動得更劇烈了。法比安覺得自己被隱形的山崩威脅著。他渴望中途折回，再回頭欣賞萬點星光，但是他沒有轉彎，一度也沒有轉。

法比安估量著自己的運氣：很可能只是局部性的暴風雨。既然下一站——特雷利烏城發出信號說，有四分之三的天空有烏雲，那麼，只需要在那黑色泥水中活二十分鐘。可是飛行員仍然感到不安。他往左靠，頂著一團風，試著弄明白那些在漆黑深夜裡仍然游移的亮光。但是那幾乎不能稱為亮光，只是幽暗中密度變化或是由於眼睛疲倦的幻影罷了。

他打開無線電通訊員交給他的紙條，上面寫著：

「我們現在在哪裡？」

要是能回答這個問題，叫他付出再高的代價都願意。

「我不知道，我只能根據羅盤飛行。我們正在穿越暴風雨。」

他又俯身，飛機排出的火焰讓他感到不適。排氣管的火苗貼著引擎，像一盞燈。那燈十分微弱，月光就足以讓它黯然失色。即使如此，在一片虛無中，燈光卻吞噬了肉眼所能見到的世界。他望著那火焰，風把它編成粗大密實的辮子，像火把一樣。

每隔三十秒鐘，法比安就把頭彎入座艙檢查陀螺儀和羅盤。他不敢再打開微弱的紅燈，那使他目眩頭昏，但是所有帶著鐳成分的數字儀表，都發出一種如星辰般的細微光亮。在指針和數字之間，他依稀有種得到安全感的假象：就像待在船艙中的安全感，即使這艘船即將被浪濤覆滅。黑夜和相伴隨的磐石、漂流物、山巒，也像令人手足無措的宿命厄運一般，朝著飛機迎面而來。

「我們在哪裡？」無線電通訊員又重複他的問題。

法比安又把頭從座艙裡伸出來，向左靠，繼續守著這可怕的夜。他不知道到底還要經過多久，付出多少努力，才能脫離黑暗的束縛。他幾乎懷疑能否脫離得了。只憑著那張又髒又破的小字條，就得拿生命作賭注？為了加強希望，他把那張紙條打開了一千遍，也讀了一千遍：「特雷利烏：四分之三的天空有雲，風力微弱。」假如特雷利烏只有四分之三的天空陰暗，他便能在雲隙裡看見那城市的燈光。除非……

在更遠的地方，允諾中的微弱亮光鼓勵他前進；不過他還是感到懷疑，於是潦草地寫了一張字條給無線電通訊員：

「我不知道能否飛過去，請告訴我前方天氣是否依舊晴朗。」

回答令他驚恐：

「海軍准將城發出信號說：『不能回到此地。暴風雨。』」

他開始揣測那種不尋常的攻擊，那攻擊正從戈迪耶·安地斯山脈向海面俯壓過來。旋風將會席捲城市，還有即將飛臨的這架飛機。

「請打聽聖安東尼奧的天氣！」

「聖安東尼奧回答：『正颳起西風，西邊有暴風雨，整個天空布滿烏雲。』由於干擾，聖安東尼奧收訊不良，我也聽不清楚。天空大量放電，我認為應立刻收起天線。你要半途折返嗎？有什麼計畫？」

「別囉唆！打聽布蘭卡港的天氣！」

「布蘭卡港回答了：『二十分鐘之內，預料會有強烈暴風雨自西邊向布蘭卡港襲來。』」

「打聽特雷利烏的天氣！」

「特雷利烏回答了：『暴風挾強烈雨量自西邊以每秒鐘三十公尺速度行進。』」

「通知布宜諾斯艾利斯說：『我們的四面八方都被包圍了，暴風雨在一千公里的範圍內移動，我們什麼也看不見。我們該怎麼辦？』」

對飛行員來說，這個黑夜彷彿沒有盡頭，因為它既不通向任何一個航站（所有航站似乎都無法接近），也不會通向黎明。一百分鐘之後，汽油就會用完，遲早，他都會被迫捲入黑夜深處。

假如他能夠堅持到白天……

法比安想著黎明，腦中浮現一片金沙海灘，度過一個艱辛的黑夜之後，他會在那兒擱淺；曾經飽受威脅的飛機下方，會出現平原及海岸，寧靜的大地上載著熟睡的農莊、牲畜和丘陵。一切在黑暗中滾動的漂流物，都會變成沒有傷害性的東西。假如有可能，他多麼願意游向白日！

他覺得自己被包圍了，一切都會在漆黑的夜裡獲得解決，不管結果是什麼。

那是真的。有時候，當白日昇起時，他覺得自己彷彿大病初癒。

太陽在東方。可是目光盯著東方有什麼用？在眼前和東方之間，隔著何等遙遠、永遠爬不出去的黑夜。

13

「亞松森*的郵機飛行相當順利，十點左右我們就能看見它了。相反地，巴塔哥尼亞的郵機預計會誤點很久，那郵機好像遇到了困難。」

「是的，希維耶先生。」

「我們可能不等巴塔哥尼亞的郵機到達，就得讓歐洲郵機起飛。等亞松森的郵機一到，你們就來尋求指示！請先做好準備！」

這時候，希維耶又把北方幾個航站的電報再讀一遍。那些電文為歐洲郵機開闢了一條月光大道：「晴天，滿月，無風。」巴西群山在月光皎潔的天空下，輪廓格外分明，山巒

*巴拉圭首都。

把茂密森林的黑髮直直投入大海的銀波中。月光毫不掩飾地灑在森林上，卻不染上顏色。島群也是黑的，像海上的漂流物。整條路上是無盡的月色，猶如一泓清泉。

只要希維耶下達一道起飛命令，歐洲號的機組人員就會進入一個安穩的世界，整晚都籠罩在溫柔光芒下。在那個世界裡，不會有任何事物威脅光明與陰影的平衡，甚至連清風也無法滲透。因為如果清風風力轉強，不出數小時就可能破壞整片天空。

面對那種光明，希維耶卻遲疑了，像一個調查銷路的商人面對著封閉的金礦。希維耶是唯一擁護夜間飛行的人，而南方的狀況卻顯示希維耶錯了。假如巴塔哥尼亞號出了意外，他的敵人在精神上就會具有強硬的立場，從今以後，希維耶的信心也將變得無力。希維耶的信心不肯動搖，他事業中的一個缺陷曾經造成過悲劇，但是那悲劇充其量只證明了缺陷本身，而不是其他任何東西。「也許西方必須有瞭望台……我會明白。」他又想：「我堅持的理由站得住腳，而且意外事故會減到最低，我已經明白端倪了。」失敗使強者變得更強。不幸地，有人只是為反抗而反抗。在這種對抗遊戲中，事物所代表的真正意義蕩然無存。不管輸了或者贏了，都只是表面上的結果，他們記下可憐的分數。人總是被表面的成敗所束縛。

希維耶按了鈴。

「布蘭卡港還沒有用無線電和我們聯絡嗎？」

「沒有。」

「幫我用電話接到那一站。」

五分鐘以後，他詢問情況：

「為什麼還不給我們消息？」

「我們接收不到班機訊息。」

「飛機無線電關機了嗎？」

「我們不知道。暴風雨太大，即使他們發訊號，我們也收不到。」
「有聯絡特雷利烏城嗎？」
「我們聯絡不到特雷利烏城。」
「打電話過去！」
「我們試過，電話線斷了。」
「你們那兒天氣怎麼樣？」
「有下雨的預兆，西方和南方有閃電，天空雲層很厚。」
「有沒有風？」
「現在不強，但是十分鐘後可能轉強。閃電正迅速接近中。」
一陣沉默。
「是布蘭卡港嗎？你們聽得見嗎？好。十分鐘後再呼叫我們。」
希維耶翻閱了南方航空站的電報，所有航站都報告說沒收到那架飛機的訊息。有幾站甚至不再回答布宜諾斯艾利斯。地圖上代表無聲省分的黑點變多了，那些省分的小城市正遭受旋風侵襲。所有門都關上了，每條街上的屋子都沒打開燈，飛機迷失在黑夜裡，像大海中的船，與外界斷了消息。只有黎明才能拯救它。

然而俯身看著地圖，希維耶仍然懷抱希望，祈禱他們發現一片可以作為掩護的晴天。他早已向三十多個城市的氣象局發出電報打探天氣狀況，各地回電也陸續來到。在兩千公里的區域裡面，假如有任何一個無線電台收到飛機的呼喚，都奉命在三十秒內立即與布宜諾斯艾利斯聯絡，布宜諾斯艾利斯就會把安全降落的位置轉告法比安。

凌晨一點，祕書們又被召回辦公室。在那兒，他們私下猜測夜間飛行可能會中止，歐洲號郵機也會到白天才起飛。他們低聲談論著法比安和旋風，尤其是談論希維耶。他們猜測他就在附近某處，一點一滴被大自然的對抗給擊垮。

當希維耶穿著大衣出現在門口時，這些瑣碎細語都停了下來，他帽子壓得低低的，安靜地走向辦公室主任：

「一點十分了，歐洲郵機的文件辦好了沒有？」

「我……我以為……」

「你不需要以為，直接去執行。」

他慢慢轉過身，走向一扇敞開的窗戶，雙手在背後交叉。

一位祕書走到他身邊：

「經理，我們收到的回電不多。有人報告，內陸許多地區電線都壞了。」

「好。」

希維耶一動也不動，望著黑夜。

就這樣，每則消息都在威脅著飛機。所有城市在電線斷訊之前、還能回答的時候，都像報導大軍侵略般傳來旋風的行蹤：「暴風來自內陸的戈迪耶山脈，掃蕩整條航線，向海面行進中……」

希維耶覺得星星太亮，空氣也太潮濕。多麼奇怪的夜！它一塊一塊地腐壞，像一枚發亮水果的果肉。群星依然在布宜諾斯艾利斯的上空閃爍，但這只是片刻的綠洲，不會維持太久。更何況這個航站是在飛行的能力範圍之外。這是一個被疾風攫獲、正在腐朽的夜。難以征服的夜。

某個地方，有一架飛機正在黑夜深處遭遇危險：座艙中有人在掙扎，絕望地掙扎。

14

法比安的太太打來電話。

每次丈夫夜間返航的時候，她總是同步計算著巴塔哥尼亞號郵機飛行的航程：「他正從特雷利烏城起飛……」然後，她入睡了。一會兒以後她又想：「他差不多接近聖安東尼奧了……他應該看見城市的燈光了……」於是她起身拉開窗簾，審視天空：「這些烏雲會令他困擾……」有時月亮像個牧人漫步著，於是那少婦又躺回去。月亮，還有星星，那些包圍她丈夫的千萬個發光體，讓她感到安心。凌晨一點左右，她覺得丈夫離她很近了：「他應該不遠了，該看見布宜諾斯艾利斯了……」於是她又一次起身，為他準備宵夜，以及一壺很熱的咖啡。「高空那麼冷……」她老是這樣迎接他，好像他剛從雪山山頂下來似的。

「你不冷嗎？」

「一點也不冷。」

「還是暖暖身子吧！」

一點一刻左右，一切都準備好了，於是她撥了電話。

那一夜，像其他的夜，她問：

「法比安降落了沒有？」

接電話的祕書有點侷促不安。

「請問您哪位？」

「希夢娜．法比安。」

「啊！請等一下……」

祕書不敢多說什麼，把聽筒交給辦公室主任。

「是誰？」

「希夢娜．法比安。」

「啊……有什麼事，夫人？」

「我先生降落了沒有？」

一陣沉默，是一種不知如何措辭的靜默。隔了一會兒，對方終於回答了。

「他誤點了？」

「還沒有。」

「是……」

又是一陣沉默。

「是的……誤點了。」

「啊！……」

那個「啊」字像是從一個受傷者口中說出來。誤點沒有什麼……沒什麼關係，但是誤得太久的話……

「啊！……他什麼時候會到？」

「他什麼時候會到？我們……我們不知道。」

現在，她的問題好像撞在一面牆上，她只聽見自己問話的回音。

「請你告訴我！他現在在哪裡？」

「他現在在哪裡？請等一等……」

對方遲鈍的反應傷害了她。那堵牆的後面，正在發生什麼事情。

對方終於毅然地說：

「他是十點半從海軍准將城起飛的。」

「然後呢？」

「然後……被耽誤了……天氣惡劣，耽誤了很久。」

「啊！天氣惡劣……」

悠然掛在布宜諾斯艾利斯上空的那輪明月是多麼不公平，多麼會欺騙人！少婦突然想起來了，從海軍准將城到特雷利烏幾乎不需要兩小時。

「十點鐘他就飛向特雷利烏了！他發過電訊給你們吧？他是怎麼說的？」

「他是怎麼說的？……當然，妳應該了解……天氣這麼壞的時候，我們沒辦法收到電訊。」

「天氣居然這麼壞！」

「夫人，這樣好了，我們一有消息就打電話給妳。」

「啊！你們現在什麼消息也沒有……」

「夫人，再見……」

「不！不！我要和經理說話。」

「夫人，經理很忙，他在開會。」

「我不管！我不管！我要和他說話。」

辦公室主任擦了一下額頭上的汗。

「請妳等一下……」

他推開希維耶的門。

「法比安夫人要和你說話。」

希維耶心想：「這就是我所害怕的。」悲劇中的情感因素開始顯露了。他希望先迴避那種因素：母親和妻子是不許進開刀房的。在陷入危險的船上，感情也沒有說話的餘地。

感情對於救人沒有幫助。然而他還是同意了。

「把電話接到我辦公室來。」

他傾聽那微小、遙遠、顫抖的聲音，立刻知道自己無法回答她的問題。對雙方來說，針鋒相對並沒有任何用處。

「夫人，請妳先別激動！對我們這一行來說，長時間等候消息是家常便飯。」

他已經站在一個臨界點。在這個點上，問題不僅是個人、痛苦這些層次，而是行動本身的問題。希維耶對面矗立的不是法比安的妻子，而是人生的另一種意義。希維耶只能傾聽那個微弱的聲音，表示同情；那聲音是一支淒涼帶有敵意的曲調。行動和個人幸福往往是衝突的，無法兩全其美。那女人是以一個絕對世界的立場說話，訴說的是她的權利和義務。那絕對的世界是晚餐桌上的燈光，是一個身體對身體的慾望，是一份希望、一份柔情，以及回憶。她有權利要求她的幸福，她並沒有錯。而希維耶，他也沒錯，但是他提不出理由去對抗那女人的真理。在室內一盞卑微的燈光下，他發現自己的真理竟是不可表達的，沒有人情味的。

「夫人……」

她不再聽了。他覺得對方似乎就要摔倒在他腳下，因為她使盡全力去捶擊那一堵牆。

有一天，希維耶和一位工程師在一座尚未完工的橋附近，察看一位受傷者的時候，工程師曾經問希維耶說：「這座橋的價值等於一張碾碎的面孔嗎？」這座橋是為農民而建造的。假如為了築橋而必須殘害一張面孔，所有的農人都寧可改道，多繞一個彎走另一座橋。但是，人們還是繼續在築橋，不是嗎？那工程師又加了一句：「公眾的利益是由個人的利益所組成的，除此以外難道還有其他理由？」

後來，希維耶回答說：「雖然說人的生命無價，但我們從事某些作為時，卻老覺得好像有什麼比人的生命更重要……那麼，那究竟是什麼？」

再回到原來的問題，希維耶一想到機組人員就無比難受。行動，即使像造橋這樣的行動，也會摧毀一些人的幸福。希維耶再也不能不自問：「我有什麼立場這麼做？我是憑藉了什麼樣的名義，可以這樣做？」

他想：「那些或許即將消失的工作人員，他們本來可以活得很幸福。」幸福是金色殿堂，他看見一些面孔在那殿堂裡。「我是以什麼立場把那些面孔從殿堂裡拉出來？」他以什麼名義剝奪了他們的個人幸福？他確實摧毀了他們的幸福。不過有一天，那些金色殿堂也必然會消失，像海市蜃樓。衰老和死亡會比他更殘酷地摧毀那些金色殿堂。也許，有點什麼其他的更值得拯救，而且是更具有永恆性的；也許，希維耶工作就是為了拯救人的那一部分吧？否則，那種行動便沒有正當性。

「愛，只有愛，真是一條走不通的路！」希維耶隱約感覺有種比愛情更偉大的理想。或者說，那也是一種愛，但是和一般的愛不同。他的腦中出現這樣的句子：「要讓愛永垂不朽……」他是在哪兒看過這句話？「你心中追求的東西必然會逝去。」他又想起祕魯古印加族的一座太陽神廟，那些矗立在山上的聳直石塊。假如沒有那些石塊，那曾經強盛有力的文明還會留下什麼遺跡呢？雖然那文明的石塊重量，就像悔恨一般壓在現代人身上。「古文明的統治者是以何等堅忍不拔或者不凡之愛的名義，強制他的臣民到山上建築神廟？或者他們只是殘酷地強迫人民為他們自己建立永恆？」再次，希維耶眼前浮現許多小城的居民，黃昏的時候，他們總是在音樂亭四周轉來轉去。「那種幸福，那樣的庇護……」他想。古文明的統治者似乎對人民的受苦沒有惻隱之心，卻對人的死亡感到非常悲憫。他們悲憫的不是個人之死，而是悲憫整個種族將被海浪淘盡、淹沒。於是，他領導人民建立石廟——至少有海浪淹沒不了的石廟。

15

那張摺成四方的字條也許能救他。法比安咬緊牙打開來看：

「無法和布宜諾斯艾利斯聯絡。我甚至無法操作儀器，我的手指上有火花。」

法比安生氣了，想要回答，但是當他放開駕駛桿想寫字的時候，一股強烈氣流湧向了他的身體。氣流把坐在重達五噸金屬飛機裡的他舉起來，劇烈搖晃而失去平衡，他只好放棄寫字的念頭。

再一次，他用雙手緊緊握住駕駛桿，想減低氣流的威力。

法比安用力深呼吸了一下。假如無線電通訊員因為害怕暴風雨而收起天線，降落以後，法比安會把他打得頭破血流。無論如何都必須和布宜諾斯艾利斯取得聯絡，好似一萬五千餘公里之外的布宜諾斯艾利斯，有人能向深淵中的他們拋出一條救命繩索。甚至一道顫抖的燈光，隨便一盞小旅店無關緊要的燈，都能像燈塔一樣證明下面是陸地。可是，此刻卻什麼燈光也看不見。或者至少也該聽見一個聲音，只要「一」個，來自那個已經不存在的世界。飛行員舉起拳頭，在他的紅燈前搖了一下，讓坐在他後面的那個人了解這悲慘的事實。可是無線電通訊員只是俯視那被暴風雨蹂躪的夜空，夜空下既無城市，也無燈火，他並不明白這個情況。

現在，只要有人能大聲指示他該怎麼做，法比安一定毫不猶豫立即服從。「如果有人叫我轉彎，我就轉彎。有人叫我向南直飛，我就……」他這樣想。某處，一定有個安全的地方寧靜柔和，位於巨大的月影之下。在那裡，那些伙伴們知道他們的狀況。那些伙伴們和學者一樣，既博學又全能，他們正低著頭看地圖，提供像花朵一樣美麗的可庇護光源。而他，他自己知道什麼，除了氣流，除了黑夜？那黑夜正以山崩的速度把黑色急流推向他。雲層之中有旋風、有火焰，他們怎能把兩個人遺棄在裡面？他們不會的。他們會指示法比安：「操控桿轉到二百四十度……」他就會向二百四十度的方向飛行。然而這一刻，他卻只有孤伶伶一個人。

他覺得飛機本身也開始不聽擺布。每一次俯衝，引擎就震動得好厲害，整個飛機彷彿憤怒得顫抖。法比安使盡全身力氣控制飛機，把頭鑽進座艙，目光對準陀螺儀。因為，他已經無法再區別天和地，他迷失在一團混亂中，一種宇宙洪荒的混沌，一切都融織在一起。航位器的指針擺動得越來越快，變得無法判讀。受指針欺騙的飛行員已經無法掙扎，失去他的高度，漸漸陷入黑影之中。他讀了飛行高度：「五百公尺。」那是山丘的高度。他感覺到那些山丘把令人眩暈的、起伏的山峰和山坡滾向他。他也明白了，所有一團一團的土地——哪怕最小的一團都足以把他碾成碎片——好像被鬆開了螺絲釘，脫離原來的支撐物，開始像酒醉般在他四周旋轉，並且在他周圍跳起某種深沉的舞蹈，舞步把他包圍得越來越緊。

他認了。與其冒著衝撞什麼東西的危險，不如找個地方降落，任何地方都好。為了看清地勢，他點燃了唯一一個照明彈。照明彈點燃，跳躍著轉了一圈，似乎照亮了一個平原，又熄滅了：那其實是海。

他很快想到：「完了，我修正了四十度，還是偏航了。這真是一股颶風。陸地在哪裡？」他轉向西邊，心想：「現在連照明彈都沒有了，我簡直在自殺。」這種事遲早會發生。而他後面那個伙伴……「他一定收起了天線。」但是飛行員不再責怪他。一旦他把手放開，他們的生命就會像空氣中黯淡的灰燼一樣。他雙手握著的是伙伴和他自己跳動的心。突然，那雙手令他害怕。

氣流如水錘般凶猛襲來，他使盡全力氣緊握方向盤以緩和它的震動，否則那震動會弄斷駕駛桿的電纜。過分用力麻木了他的雙手，可是他甚至連麻木的感覺也沒有。他想動動手指，確定指頭的神經還能傳遞消息給他，他已經不太有把握手指是否服從命令。某些奇怪的東西游移到他雙臂邊緣，那是開始搖擺的冷靜以及薄弱的意志。他想：「我應該想像我在緊握著……」他不知道自己的想法能否傳達到雙手上，因為他只憑著肩膀的痠痛，才覺察到方向盤的震動。他想：「方向盤會滑脫，我的手會鬆開……」自己居然會有這種想法，他感到驚懼。因為這一次，他的雙手正臣服於某種冥冥中的力量，在黑暗中慢慢張開，放棄了他。

他本來還可能繼續掙扎，碰碰運氣，因為宿命不是來自外界，而是來自內心：有那麼一個時刻，發現自己是脆弱的；於是，錯誤就像眩暈一樣吸引你，把你控制住。

就在這一剎那，暴風雨的空隙中，有幾顆星星在他頭上發亮了，像捕魚籠底部致命的餌。

他判斷得非常正確，這是一個陷阱：人們在一道縫隙中見到三顆星星，於是朝著它們飛上去，就這樣，再也下不來了。人們將駐留在那裡啃咬星星……

可是，他實在太渴望光明了，仍是駕著飛機向上飛去。

16

他上升了，靠著幾枚星星的引導，他試著調整機身讓它變得比較平穩。星星們的磁力吸引著他，他花了那麼久的時間尋找光亮，哪怕只是一道隱約模糊的光線，他也不會再放棄。只要能找到一盞小旅社的燈，他都會覺得自己無比富有；會圍繞著那光明的指引打轉至死，因為他太渴望那光明的標誌。而此刻他正在上升，向著一片光明。

天像一座井，下方打開一個口而後又關上，他在井中以螺旋式漸漸升高。隨著他的上升，雲層也脫離原本的混濁，輕飄過他面前，像越來越潔白、越來越乾淨的波浪。法比安從黑夜中浮出來了。

他感到十分驚喜，天空晴朗得令他目眩。有幾秒鐘的功夫，他閉上眼睛。他從來沒有想過，在夜間，雲彩居然能令人目眩。滿月和所有的星星正在把雲彩變成璀璨的波浪。

就在他從黑暗中浮出的那一刻，飛機來到一個異常寧靜的地方，不再有氣流傾斜機身。像一條越過堤壩的船，它進入平靜的水庫之中，飛機被一塊陌生的天空攫獲，這是一塊無人知曉、藏匿住的天空，像一片充滿幸福島嶼的港灣。在他下方，暴風雨築成一個濃密、範圍達三千公尺的另一世界，那世界被狂風肆虐，穿梭著水柱和閃電；然而，暴風雨卻把如水晶、如雪花的一面轉向星辰。

法比安以為自己來到了奇異的虛無縹緲之境，因為一切都變得亮晶晶：他的雙手、他的衣服、他的機翼。那亮光並非從星辰上灑落下來，而是從他下方，從他周圍蘊積的白光中發出來的。

在他下方的那些雲彩，把來自月光的皎潔完全反射出來。而他左右兩邊的雲也映現同樣的光芒，高聳如塔。就這樣，兩人浸淫在一片乳白的光暈中。法比安回頭看見無線電通訊員在微笑。

「好多了！」他大聲說。

但是那話語被飛機的引擎聲蓋住了，他們只能以微笑溝通。法比安想：「我簡直瘋了。我還笑，我們已經完了。」

現在，彷彿上千隻黑暗的胳臂放開了他。有人把他的繩索解開，猶如解開囚犯的銬鍊，讓他在花叢間獨自散步那樣。

「太美了。」法比安想。星星如聚積的寶藏，他在寶藏之間漫遊。這是一個絕無僅有的世界，而且在這個世界裡，除了他和他的伙伴以外，再沒有任何其他生物。他們像神話中的盜賊，被困在寶庫的四壁之間，永遠也不知道如何逃出。他們在冰冷的珠寶之間漫遊，擁有巨大的財富，卻已經被宣判死刑了。

17

里瓦達維亞海軍准將城，巴塔哥尼亞號航線中的一站，一名地勤無線電報員突然做了個手勢，航站中所有一籌莫展的值班人員全都圍過來，俯身靠在他四周。

大家全都盯著一張被強光照亮的白紙。無線電報員的手還在遲疑，鉛筆也在搖晃，無線電報員握著筆的手還沒有寫字，但是手指已經在抖動。

「有暴風雨嗎？」

無線電報員點了點頭，暴風雨的干擾聲使他聽不清楚訊號。

然後他記下幾個難以辨認的符號，及一些字。讀出的電文是：

「被封鎖於暴風雨上方三千八百公尺處。我們曾經在海上偏航，現以正西方向飛往內陸。下方完全阻塞。我們不知道是否仍然飛在海的上方。請告訴我們暴風雨是否向內陸擴展。」

由於暴風雨的關係，想要把電文傳到布宜諾斯艾利斯，必須一站又一站地傳送。電報在夜間行走，像點燃一座又一座的烽火臺。

布宜諾斯艾利斯有人回答了：

「暴風雨席捲內陸。你們剩下多少汽油？」

「半小時。」

這句話經過一站又一站的值班人員，傳到了布宜諾斯艾利斯。

三十分鐘後，機上人員注定再度陷入暴風雨之中，命運將把他們掃落地面。

18

希維耶沉思著。他不再懷抱任何希望。那架飛機上的機員會在某處隕落，在這個黑夜裡。

希維耶回想起童年時看過一幅景象，印象非常深刻：人們把池塘裡的水抽乾，為了要尋找一具屍體。而此夜，在那黑色的陰影從地面消失之前，在沙漠、平原、麥田再次迎向白日之前，是無法找到任何東西的。也許，幾個純樸的農夫會發現兩個男孩，他們彎著的手肘靠在臉上，像是睡著了，擱淺在青草上，擱淺在寧靜的金黃大地上。其實，他們早已被黑夜溺斃了。

希維耶想到隱沒在深夜中的寶藏，像隱藏在神奇的海底……夜間的蘋果樹帶著所有花朵等待白日到臨，那些花還不明白自己存在的意義。夜是富有的，充滿著芬芳、熟睡的羔羊，還有尚未綻放的花。

隨著黎明一點一滴靠近，肥沃的田野、濕潤的森林、新鮮的苜蓿會慢慢顯露。但是在此刻，變得平和的群山、草原之間，看似氣氛平靜的世界裡，兩個男孩會像是沉睡了一般。只是你知道的，某些東西已經從一個現實、具體的世界流向另一個世界。

希維耶認識法比安的妻子，她很溫柔，而且正憂心忡忡：她才剛剛擁有這份愛情，像一個窮孩子才得到心愛的玩具。

希維耶想到法比安的手。他只剩幾分鐘的功夫，還能把那隻手放在駕駛桿上握住他自己的命運。那隻手曾經愛撫過，曾經放在女人的胸脯上，引起奇妙的激情；那隻手曾經撫摸過一張容顏，讓臉孔上的表情完全不一樣了。那曾是創造奇蹟的手。

法比安在黑夜絢爛的雲海上漫遊。但是，在更低一點的地方，卻是永恆。他迷失在星星之間，他將一個人住在星辰裡。此刻他還把世界握在手裡，貼著胸膛，搖晃它。他把人類財富的重量緊握在他的方向盤裡，絕望地抱著那無用的寶藏，從一顆星漫遊到另一顆星，可是那寶藏終究必須歸還……

希維耶想到收報機還在聽法比安說話。只有「音波」還讓法比安和外界連在一起，一絲微弱的音波，沒有悲嘆，沒有吶喊，只有最純粹的聲音，一種絕望未曾譜完的曲子。

19

羅比諾把他從孤獨中拉了出來：

「經理，我想過……也許可以試試……」

他其實提不出什麼具體的建議，只是想表示自己的善意。他很希望像平日解決小麻煩一樣，找出有用的解決辦法，只是他找出的，永遠是希維耶根本不願意採納的解決辦法。「你明白嗎？羅比諾，在人生中沒有解決的辦法，只有前進的力量。要去創造那種力量，那麼解決的辦法自然就會隨之而來。」因此，羅比諾扮演的角色便只是在工人團體之間，創造一種微小的前進力量，他的責任在於使螺旋槳免於生鏽。

至於今天晚上的事件，羅比諾一點辦法也沒有。所謂

「督察員」的頭銜，對於暴風雨或者即將成為幽靈的工作人員來說，根本沒有任何力量。那兩個工作人員不需要再為「準時獎金」而掙扎，他們唯一要掙扎逃避的懲罰是死亡——這唯一的懲罰徹底消解了羅比諾小小的懲處權力。

羅比諾現在宛如一個多餘的人，無所事事，在各個辦公室之間遊蕩。

法比安的妻子叫人通報說她來了。她忐忑而焦慮，在祕書室等待希維耶的接見。祕書們偷偷抬起頭來看她，她感到羞愧，怯怯地向四周環顧了一下。這兒的一切都排斥她——那些繼續工作的人（他們好像行走在一個人的軀體上），那些公文卷宗。在那些公文裡，人的生命、人的痛苦只化為冷峻的數字。她尋覓著所有能連繫起法比安的符號；在他們的家，一切都透露了他的缺席：睡了一半的床、煮好的咖啡、一束鮮花……她找不到任何象徵他在場的標誌。辦公室裡的一切跟憐憫、友情、回憶彷彿是對立的。在她面前，沒有人敢放聲說話，她唯一聽見的，是一位職員在罵人，那職員正翻尋詳細的帳目表：「……那份發電機的帳目表嘛！見鬼，我們送到桑多斯去的啊！」她抬起頭，以十分驚訝的表情望了那男人一眼。然後，她望向掛著一幅地圖的牆壁，嘴唇有點顫抖。

帶著一種尷尬的心情，她揣測到自己身在此處，顯示的是一項敵意的真理，幾乎後悔到這兒來了。她本來應該隱藏起來，克制自己，忍住咳嗽、忍住眼淚，不要讓別人太注意她；可是現在她發現自己很突兀，跟整個環境很不協調，好像赤身露體似的。但是她的真理是那麼強而有力，那些偷偷短暫望向她的目光，一再從她臉上讀出她的真理。這個女人很美，她向男人揭露一個神聖、幸福的世界。她告訴那些人，當他們為飛航事業行動的時候，賭上的事物有多麼嚴肅，他們原來並不知道這一點。在眾多目光之下，她閉上了眼睛。

她讓人們明白，他們破壞了多麼美好的寧靜卻不自知。

希維耶接見了她。

她來這兒的目的，是為了替她的花束、她的咖啡、她年輕的肌膚做一點卑微的辯護。這間辦公室好冷，她的嘴唇又微微發抖了。在這個不屬於她的世界裡，她正揭露自己那種難以言喻的真理。她覺得這個世界對於工作看得那麼虔誠，以至於矗立在她心中那近乎狂野的愛情，在辦公室裡顯得不協調且自私。她好想離去。

「我打擾到你了……」

希維耶向她說：「夫人，妳並沒有打擾到我。不幸地，夫人，妳我現在能做的就只有等待。」

她稍微聳了聳肩，希維耶明白她聳肩的意義：「那麼家裡點亮的燈有什麼用？準備好的餐點、花束又有什麼意義……」有一天，一位年輕的母親曾經向希維耶傾訴：「我還無法從我寶寶的死亡恢復過來。最令我難受的是那些小東西，例如看見他穿過的衣服。還有夜裡醒來，那種自心底升起的母愛，母愛已經沒有用了，就像我懷中的乳汁……」對這個女人來說，法比安的死亡從明天開始，才會一點一滴，在今後每種徒然的行為、每件物品中慢慢發酵。希維耶感到一份深深的惻隱之心，但是他不願說出來。

「夫人……」

那少婦告辭了，帶著近乎謙恭的微笑，因為她並未意識到自己的力量。

希維耶坐下來，有點艱難、沉重。

「不過她幫我找到了我一直尋覓的東西。」

他心不在焉地摸摸北方各航站的通知電文，一面想：

「我們並不要求永恆，只要求別看見行動和事物突然失去它們的意義。那時候，包圍著我們的就只有空虛了……」

他的目光落在那些電報上：

「在我們這一行裡，死神正是從這兒潛入的，那些電報都不再有意義……」

他瞧了羅比諾一眼。這個平庸的年輕人現在沒有用了，不再有意義了。希維耶幾近冷酷地向他說：

「還要我親自交代你工作嗎？」

希維耶猝然推開了那扇朝向祕書室的門，從某些法比安夫人看不懂的標誌，希維耶知道：很明顯地，法比安消失了，這令他非常難受。一張寫著 R.B. 903——法比安飛機代號的卡片，已經貼在牆上黑板的宣告遺失物資欄裡。正在準備起飛文件的祕書們，知道歐洲號郵機將會延遲起飛，工作得漫不經心。機場裡待命的機組人員現在失去了目標動力，他們一再打電話來請示。生命的運轉功能逐步減緩，「死亡來了！」希維耶想。他披荊斬棘的事業像一艘在無風海面上拋錨的船。

他聽見羅比諾的聲音：

「經理……他們才結婚六個星期。」

「去工作！」

希維耶依然望著祕書們，再望過去就是工人們、技工們、飛行員，那些所有曾幫助他創業，帶著建築師般信心的人們。他想起從前有個小城市，那些城市的居民聽人們說起了「島」，於是建造了一條船，為的是讓那條船承載他們的希望，讓人們看見他們的希望在海上同船帆一起張開。有了這條船，大家都成長了、認識了外面的世界，也擺脫了羈絆。「目標或許不代表什麼，可是目標所引發的行動卻能使人擺脫死亡，人們因為這艘船而得到永生。」

希維耶也會再度和死亡抗爭，當他繼續迫使電報具有完整意義時，當他繼續讓守夜人員體會到焦慮時，當他讓飛行員了解他們悲劇性的目標時。「生」的真義會讓這項事業的努力復活，就如風在海上使帆船復活一樣。

20

里瓦達維亞海軍准將城再也聽不見什麼了。但是距離那兒一千公里的布蘭卡港，在二十分鐘以後收到第二封電訊：

「下降中。我們正進入雲層……」

然後，特雷利烏只收到一封不清楚的電訊，只能讀出幾個字：

「……什麼也看不見……」

短波就是這樣，這兒能收到，別處卻什麼也聽不見。然後，無緣無故地，一切都改變了。那兩個位置不詳的工作人員正向活著的人顯示，他們逐漸游向時間之外、空間之外。寫在無線電台白紙上的人已經是鬼魅了。

汽油耗盡了嗎？最終的結果揭曉之前，駕駛員是否會祭出最後一張牌：降落在陸地上，而不是任它墜落？

來自布宜諾斯艾利斯的聲音向特雷利烏發出命令：

「問他的打算！」

無線電台像一間實驗室：鎳、銅的儀器，氣壓表、導體網。身穿白衣、沉默不語的值班通訊員低著頭，猶如專心在做實驗。

他們小心地用手指觸碰儀器和工具，探索充滿神祕魔力的天空，像尋覓金礦的探測人員。

「沒有人回答嗎？」

「沒有人回答。」

也許，他們會抓住那張字條，那字條就是生命的標誌。假如飛機和座艙的航行燈能在星星之間再次浮現，他們也許會聽見星星在唱歌……

時間一秒一秒地流走，像鮮血一樣地流淌。飛行員是否仍然支撐著？每一秒鐘過去就帶走一個機會，不斷移動的時間正在進行破壞。假如時間以累積二十個世紀的力量去觸碰一座廟宇，在它的花崗石壁間遊走，將廟宇化為泥塵；那麼，在飛行上，每一秒鐘都像凝聚起二十個世紀的侵蝕力，而這個力量正威脅著飛機上的人員。

每一秒鐘都帶走一點什麼。

法比安的聲音，法比安的笑聲，他那特別的微笑。沉默占奪更大的空間了，一種越來越重的沉默。像海的重量一般壓在機組上方。

這時候，有人提醒說：

「一點四十分，汽油的最後極限。他們不可能再飛了。」

又是沉默。

某一種類似苦澀、乏味的東西在唇邊泛起，像走向旅行的終點；某一種大家完全不清楚經過的事情發生了，某一種令人沮喪氣餒的感覺產生。在所有的鎳線和黃銅之間，你會感到那種瀰漫在破產工廠裡的淒涼氣氛。這些設備顯得很沉重、無用、破舊，像是一堆乾枯的樹枝。

只能等待天亮。

再過幾個小時，整個阿根廷都會從黑暗中昇向白日。這些人會繼續待在這裡，像是坐在海灘石礫上看著被慢慢拉起來的網，卻不知道網裡究竟裝著什麼。

希維耶坐在他的辦公室，卻有一種放下心上石塊的感覺，那是在經歷劫難之後，命運把人解脫時才會出現的。他已經通知了全省的警察局，除此之外，再也無能為力，只能等待。

然而，即使是在等待行刑的牢房中，一切仍應該有它的秩序。希維耶向羅比諾做了個手勢說：

「發電文給北方各航站：我們預估巴塔哥尼亞的郵機會有重大延誤。為了不讓歐洲號郵機遲到太久，我們將凍結歐洲號郵機與巴塔哥尼亞郵機的轉運部分。」

他身子略微向前彎下去，又挺了起來，想起什麼事，很重要，啊！對了，得趕快去辦，免得忘記。

「羅比諾。」

「希維耶先生？」

「你寫一張通知：禁止飛行員每分鐘轉速超過一千九百轉，他們這樣容易弄壞引擎。」

「好的，希維耶先生。」

希維耶身子彎得更低了。他很需要獨自一個人靜一靜。

「你可以走了，羅比諾。走吧！我的老朋友……」

羅比諾面向這團黑影，對這種平等的稱謂感到害怕。

21

現在，羅比諾在辦公室裡踱步，他滿懷憂戚。航空公司的生命中止了，因為那架預定半夜兩點起飛的郵機，以後會奉命延到白天才起飛。一臉嚴肅的職員仍在值班守夜，但這種守夜卻形同徒勞。北方航站的電文仍然如常傳來，可是電文中的「晴天」、「滿月」、「無風」只讓人看見一個貧瘠的王國，一片空有月亮和石頭的沙漠。桌上有件辦公室主任處理到一半的公文，羅比諾隨手翻閱了一下，發現主任正站在他面前，帶著一種傲慢態度等羅比諾把公文還給他，樣子好像在說：「你高興還我的時候再還給我，不是嗎？這是我的……」那下屬的態度令督察員感到驚兀，但是他沒有說話，只是氣呼呼地把公文還給了他。辦公室主任走向辦公桌坐下，一副高傲的模樣。「我應該好好教訓他一頓的。」羅比諾心想。然後為了不失態，他來回走了幾步，思索著那一場悲劇。那場悲劇連帶引起政策的失效，羅比諾深覺禍不單行。

接著，他腦中浮現希維耶的身影。希維耶把自己關在辦公室裡，而且稱呼他「我的老朋友……」。希維耶從沒像那樣失去了眾人的支持，羅比諾非常同情他。他在腦子裡模模糊糊準備了幾句話，憐憫的話、安慰的話。一種他認為美好的情感為他壯了膽子，於是，他輕輕敲了希維耶的門。沒有回答。在這寂靜的氣氛中，他不敢敲得更響，於是不等回應便推開了門。希維耶在裡面。羅比諾第一次以近乎平等的身分，像個朋友般走進希維耶的辦公室。在他心目中，自己像是一位士官，冒著槍林彈雨去見負傷的將軍，陪他敗退，在流亡中變成他的兄弟。「不管發生什麼事，我都和你在一起。」羅比諾想這樣說。

希維耶沉默不語，低著頭看自己的手。站在他面前的羅比諾不敢再多說話了。一頭獅子即使被擊倒，仍然令他膽怯。羅比諾想說一些表示忠誠的話語，但是每當他抬起頭來，看見的是低垂的四分之三頭顱，那些灰白的頭髮，以及無比苦澀的緊閉嘴唇。終於，他下定決心：

「經理……」

希維耶抬起頭來看了他一眼。他剛從遙遠深邃的冥思中走出，也許還沒有注意到羅比諾的存在。從來沒有誰知道他在想什麼，他有什麼樣的感受，或是他心中有什麼樣的悲哀。希維耶望著羅比諾，像望著案件證人一般，良久無語。他望著羅比諾越久，嘴上越是勾畫出一種不可了解的嘲諷，而羅比諾就越是臉紅。希維耶覺得羅比諾來這兒，雖然帶著感人的善意和有點可惜的自發主動，卻只是證明了人類的愚昧。

羅比諾心慌了。士官也好、將軍也好、槍林彈雨也好，現在這一套都派不上用場了，眼前的狀況很難說得清楚。希維耶依然望著羅比諾。於是，羅比諾不由自主地調整一下姿勢，把手從左邊口袋裡拿出來。希維耶還是望著羅比諾。於是，羅比諾終於窘態畢露地說了一句不明所以的話：

「我是來請示的。」

希維耶把懷錶掏了出來，簡要地說：

「現在兩點。亞松森的郵機兩點十分降落。叫歐洲號郵機兩點十五分起飛。」

於是，羅比諾出去宣布了這驚人的消息：夜間飛行仍將繼續。然後，羅比諾去向辦公室主任說：

「把那件公文拿給我，我要查一查。」

當辦公室主任站在他面前的時候，他說：

「請你等著。」

那主任只好等了。

22

亞松森的班機發出降落訊號。

即使在最壞的時刻，希維耶也不忘根據一封又一封的電文，注意飛行是否順利。對他來說，在眾人驚慌失措之際，這次的順利飛行將是其信念的一種補償和證明。如果這次飛行順利，透過電訊的發布，便能預示其他上千次的飛行也會同樣順利。「並非每天夜裡都有暴風雨。」希維耶想：「一旦劃定了路線，人們只能繼續前進。」

這架飛機從巴拉圭一站又一站地往下飛，越過滿是花朵的花園、低矮的房屋、緩慢的溪流。飛機沿著旋風邊緣滑行，而旋風並沒有使任何星星變得模糊。九位乘客把自己裹在旅行毯裡，額頭靠在窗子上，像倚著一個放滿珠寶的玻璃櫥窗。因為夜晚的阿根廷小城已經散發出金色光芒，城市的金光比蒼白的星星更加閃亮。在前方座位上，駕駛員正用雙手緊握著他珍貴的寶物——人的生命。他睜大著眼睛，瞳孔裡反射出月亮，像一個牧羊人。布宜諾斯艾利斯玫瑰色的燈火已經綴滿了地平線，很快地，那城市便會像神奇的寶藏一樣發亮。無線電通訊員用手指敲出最後幾封電報，好像在天空裡高高興興地用手拍出奏鳴曲的最後幾個音符，這曲子是希維耶聽得懂的。然後他拉起天線，伸伸懶腰，打打呵欠，微笑起來：飛機抵達了。

降落後，亞松森號郵機駕駛員看見下一班歐洲號郵機的駕駛員。他側靠著飛機座艙，雙手插在口袋裡。

「接下去飛的是你嗎？」

「是。」

「巴塔哥尼亞號郵機到了嗎？」

「飛機迷航了，我們不等它。天氣好嗎？」

「天氣很好。法比安失蹤了？」

他們不再多談。大家情同手足，一切盡在不言中。從亞松森來的轉運郵包已經搬到歐洲號郵機上。那飛行員依然一動也不動，頭向後仰，後頸抵著座艙，望向滿天星斗。他感覺到有一股巨大的力量在他心中誕生，因而湧現強勁的愉快心情。

「貨裝好了？」一個聲音問。「那麼，發動吧！」

飛行員依然不動，工作人員替他啟動了飛機引擎。雙肩靠著飛機，飛行員即將從肩膀上感覺到那架飛機活著。在許多不確定的消息之後：照常飛行，取消，飛行！駕駛員終於安心了，他的嘴略微張開，一排牙齒在月光下發亮，像一頭年輕的猛獸。

「小心！夜晚呢！嗯？」

他沒有聽見伙伴的忠告。雙手插在口袋裡，頭頸仰起，面對著雲彩、山巒、江流、海洋，他默默地笑了。那是微弱的笑，但是穿過他的周身，使他顫動，像微風使樹顫抖……那是微弱的笑，但是比那些雲、那些山、那些江、那些海，更要有力得多。

「你怎麼了？」

「希維耶那傻瓜，曾經……以為我害怕。」

23

一分鐘以後，飛機即將飛越布宜諾斯艾利斯。而繼續奮鬥的希維耶要聽見它，聽見它誕生，轟轟作響，然後高飛遠去，像在星群中行進的大軍步伐聲令人震撼。

他雙臂交叉，走過祕書之間，停在一扇窗子前傾聽，思索。

假如他下令停止夜間飛行，哪怕只有「一」次，整個夜間飛行的遠景就葬送了。即使明天他會遭受那些弱者非難，但是今夜，他還是讓工作人員出發了。

勝利……失敗……這些字眼沒有半點意義。真正的人生是在這些表象之下，而且隨時建立起新的形象。一次勝利會削弱一個民族，一次失敗反而會喚醒另一個民族。希維耶曾經遭受過的失敗或許是一項承諾，承諾著真正的勝利就在不遠的前方。只有正在進行中的事業才有意義。

五分鐘以後，無線電臺就會通知各個航站。在綿延一萬五千公里的空間中，生之顫動將會解決一切問題。

已經有一首奏鳴曲在空中響起——就是那架飛機。

希維耶從祕書之間緩緩踱回他的工作崗位。在他嚴酷的目光之下，祕書們埋頭工作。偉大的希維耶，勝利的希維耶，他肩負著代價沉重的勝利。

愛經典 001

夜間飛行【獨家隱藏夜光版】

Vol de Nuit

作者　安東尼・聖修伯里（Antoine de Saint-Exupéry）
譯者　吳旻旻

出版者　愛米粒出版有限公司
地址　台北市 10445 中山北路二段 26 巷 2 號 2 樓
編輯部專線　（02）25622159
傳真　（02）25818761【如果您對本書或本出版公司有任何意見，歡迎來電】

總編輯　陳銘民
編輯　葉懿慧
企劃　葉怡姍
校對　黃薇霓
內文美術　大梨設計事務所
印刷　上好印刷股份有限公司
電話　（04）23150280
初版　二〇一八年（民 107）一月十日
二刷　二〇二三年（民 112）七月三十一日
定價　188 元
總經銷　知己圖書股份有限公司　郵政劃撥：15060393
（台北公司）台北市 106 辛亥路一段 30 號 9 樓
電話：（02）23672044/ 23672047　傳真：（02）23635741
（台中公司）台中市 407 工業 30 路 1 號
電話：（04）23595819　傳真：（04）23595493
E-mail: service@morningstar.com.tw

網路書店　http://www.morningstar.com.tw
法律顧問　陳思成
國際書碼　978-986-95206-6-9　CIP：876.57/106021417

Emily Publishing Company, Ltd.

因為閱讀，我們放膽作夢。愛米粒不設限地引進世界各國的作品。在看書成了非必要奢侈品，文學小說式微的年代，愛米粒堅持出版好看的故事，讓世界多一點想像力，多一點希望。

愛米粒出版
Emily

廣告回信	
台北郵局登記證	
台北廣字第04474號	

平信

＊請沿虛線剪下，對摺裝訂寄回，謝謝！

To：愛米粒出版有限公司　**收**

地址：台北市10445中山區中山北路二段26巷2號2樓

當讀者碰上愛米粒

姓名：＿＿＿＿＿＿＿＿ □男 / □女：＿＿＿ 歲

職業 / 學校名稱：＿＿＿＿＿＿＿＿

地址：＿＿＿＿＿＿＿＿

E-Mail：＿＿＿＿＿＿＿＿

＊請沿虛線剪下，對摺裝訂寄回，謝謝！

● **書名**：夜間飛行

● **這本書是在哪裡買的?**

a.實體書店 b.網路書店 c.量販店 d. __________

● **是如何知道或發現這本書的?**

a.實體書店 b.網路書店 c.愛米粒臉書 d.朋友推薦 e.____________

● **為什麼會被這本書給吸引**？

a.書名 b.作者 c.主題 d.封面設計 e.文案 f.書評 g.____________

● **對這本書有什麼感想**？**有什麼話要給作者或是給愛米粒**？

※ 只要填寫回函卡並寄回，就有機會獲得神祕小禮物！

讀者只要留下正確的姓名、E-mail和聯絡地址，
並寄回愛米粒出版社，即可獲得晨星網路書店$50元的購書優惠券。
購書優惠券將mail至您的電子信箱（未填寫完整者恕無贈送！）

得獎名單將公布在愛米粒Emily粉絲頁面，敬請密切注意！
愛米粒Emily: https://www.facebook.com/emilypublishing

愛米粒出版有限公司
Emily Publishing Company, Ltd.